陰陽師系列

第十九部

陰陽師

女蛇巻

推薦序

伴隨《陰陽師》系列小說十五年有感

承接《陰陽師》系列小說的編輯來信通知，明年一月初將出版重新包裝的第一部《陰陽師》，並邀我寫一篇序文。

收到電郵那時，我正在進行第十七部《陰陽師螢火卷》的翻譯工作，而且，由於晴明和博雅這兩人拖拖拉拉了將近三十年的曖昧關係（中文繁體版則爲十五年），終於有了一小步進展，令我陷入興奮狀態，於是立即回信答應寫序文。因爲我很想在序文中向某些初期老粉絲報告：「喂喂喂，大家快看過來，我們的傻博雅總算開竅了啦！」

其實，我並非喜歡閱讀ＢＬ（男男愛情）小說或漫畫的腐女，《陰陽師》也並非ＢＬ小說，但是，我記得十多年前，曾經在網站留言版和一些《陰陽師》死忠粉絲，針對晴明和博雅之間的曖昧感情，嬉笑怒罵地聊得鼓樂喧天，好不熱鬧。

說實在的，比起正宗BL小說，《陰陽師》的耽美度其實並不高。就我個人觀點而言，這部系列小說的主要成分是「借妖鬼話人心」，講述的是善變的人心，無常的人生。可是，某些讀者，例如我，經常在晴明和博雅的對話中，敏感地聞出濃厚的BL味道，並為了他們那若隱若現，或者說，半遮半掩的愛意表達方式，時而抿嘴偷笑，時而暗暗奸笑。

身為譯者的我，有時會為了該如何將兩人對話中的那股濃濃愛意，翻譯得不露骨，但又不能含糊帶過的問題，折騰得三餐都以飯糰或茶泡飯草草果腹，甚至一句話要改十遍以上。太露骨，沒品；太含蓄，無味。所幸，這種對話不是很多。是的，直至第十六部《陰陽師蒼猴卷》為止，這種對話確實不多。

然而，我萬萬沒想到，到了第十七部《陰陽師螢火卷》，竟然出現了令我情不自禁大喊「喂喂，博雅，你這樣調情，可以嗎？」的對話！不過，請非腐族讀者放心，這種對話依舊不是很多，況且，說不定我們那個憨厚的傻博雅，不明白自己說的那些話其實是一種調情。而能塑造出讓讀者感覺「明明在調情，但調情者或許不明白自己在調情」的情節的小說家夢枕大師，更令人起敬。

話說回來，不論以讀者身分或譯者身分來看，《陰陽師》系列小說最吸引我的場景，均是晴明宅邸庭院。那庭院，看似雜亂無章，卻隨著季節交替輪換而自有一番情韻。倘若我在進行翻譯工作時的季節，恰好與小說中的季節相符，我會翻譯得特別來勁，畢竟晴明庭院中那些常見的花草，以及，夏天吵得不可開交的蟬鳴和秋天唱得不可名狀的夜蟲，我家院子都有。只是，我家院子的規模小了許多，大概僅有晴明宅邸庭院的百分或千分之一吧。

為了寫這篇序文，我翻出《陰陽師飛天卷》、《陰陽師付喪神卷》、《陰陽師鳳凰卷》等早期的作品，重新閱讀。不僅讀得津津有味，甚至讀得久違多年在床上迎來深秋某日清晨的第一道曙光。

此外，我也很佩服當年的自己，竟然能把小說中那些和歌翻譯得那麼美。不是我在自吹自擂，是眞的。我跟夢枕大師一樣，都忘了早期那些作品的故事內容，重讀舊作時，我眞的在文字中看到當年為了翻譯和歌，夜夜在書桌前和古籍資料搏鬥的自己的身影。啊，畢竟那時還年輕，身子經得起通宵熬夜的摧殘，大腦也耐得住古文和歌的折磨。如今已經不行了，都盡量在夜晚十點上床，十一點便關燈。因為我在明年的生日那天，要穿大紅色的「還曆祝著」（紅色帽子、紅色背心），慶祝自己的人生回到起點，得以重新再活一次。

如果情況允許，我希望能夠一直擔任《陰陽師》系列小說的譯者，更希望在我穿上大紅色背心之後的每個春夏秋冬，仍可以自由自在穿梭於晴明宅邸庭院。

茂呂美耶

於二〇一七年十一月某個深秋之夜

目錄

平安時代中期的平安京

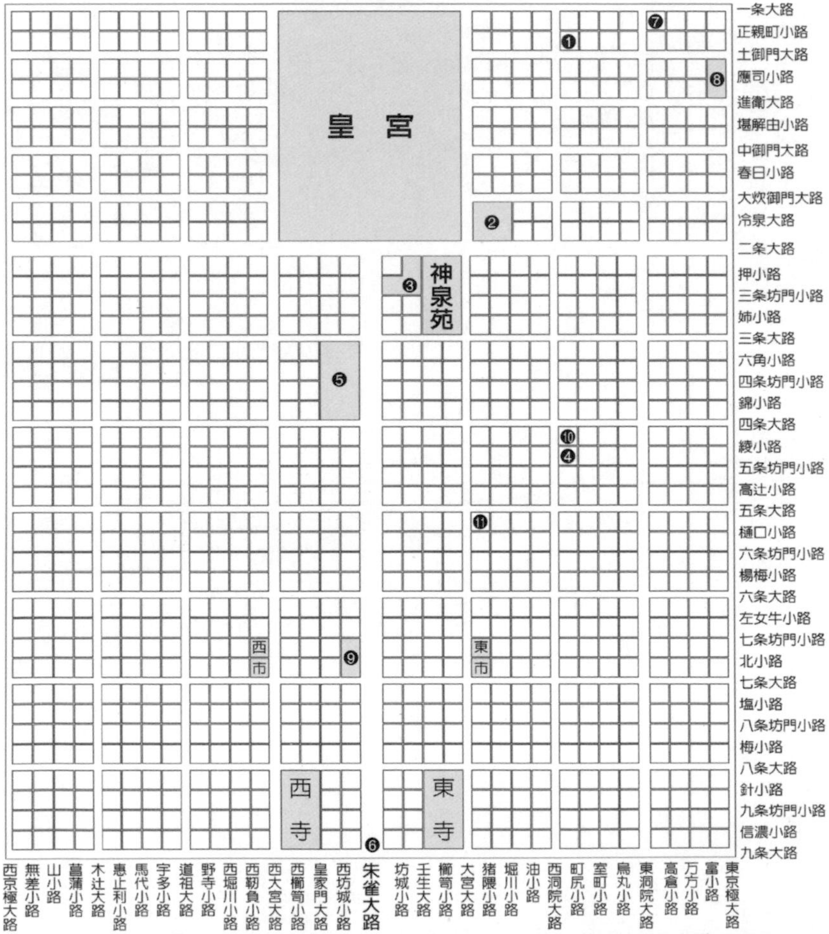

❶ 安倍晴明宅邸 ❷ 冷泉院 ❸ 大學寮 ❹ 菅原道真宅邸 ❺ 朱雀院 ❻ 羅城門 ❼ 藤原道長「一条第」
❽ 藤原道長「土御門殿」 ❾ 西鴻臚館 ❿ 藤原賴通宅邸 ⓫ 藤原彰子邸

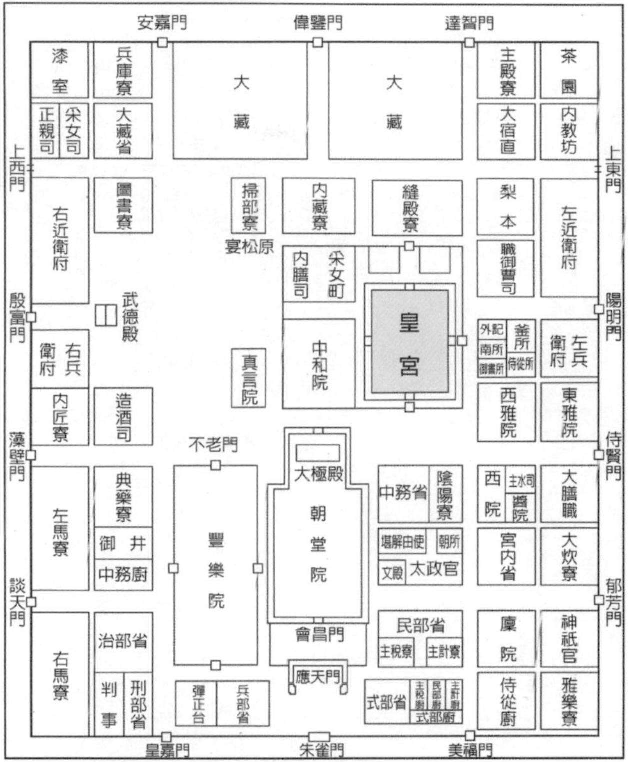
安嘉門
偉鑒門
達智門
漆室
兵庫寮
大藏
大藏
主殿寮
茶園
正親司
采女司
大藏省
大宿直
內教坊
上西門
上東門
右近衛府
圖書寮
掃部寮
內藏寮
縫殿寮
梨本
左近衛府
宴松原
內膳司
采女町
職御曹司
殷富門
武德殿
皇宮
陽明門
右兵衛府
中和院
外記
南所
御書所
釜所
侍從所
左兵衛府
真言院
內匠寮
造酒司
西雅院
東雅院
藻壁門
不老門
侍賢門
大極殿
中務省
陰陽寮
西院
主水司
齋院
大膳職
典藥寮
左馬寮
豐樂院
朝堂院
堪解由使
朝所
宮內省
大炊寮
御井
中務廚
文殿
太政官
談天門
郁芳門
治部省
民部省
廩院
神祇官
會昌門
主稅寮
主計寮
右馬寮
判事
刑部省
彈正台
兵部省
應天門
式部省
主稅廚
民部廚
主計廚
式部廚
侍從廚
雅樂寮
皇嘉門
朱雀門
美福門

大內裏

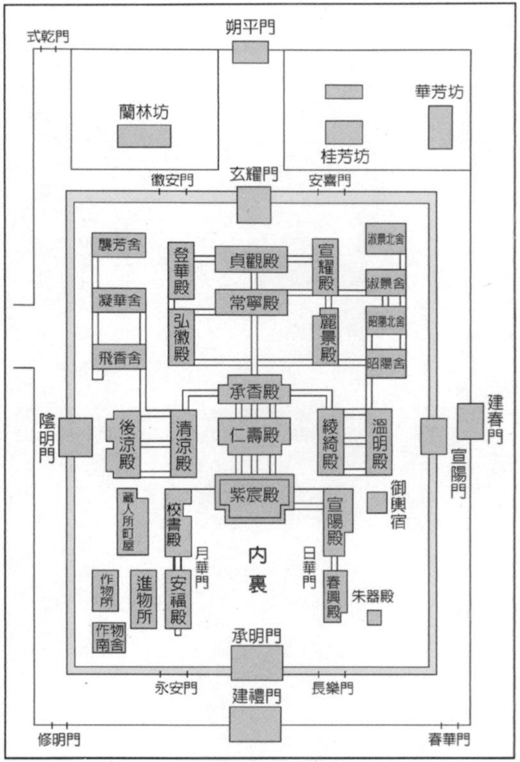
朔平門
式乾門
華芳坊
蘭林坊
桂芳坊
徽安門
玄耀門
安喜門
襲芳舍
登華殿
貞觀殿
宣耀殿
淑景北舍
淑景舍
凝華舍
常寧殿
弘徽殿
麗景殿
昭陽北舍
飛香舍
昭陽舍
承香殿
建春門
陰明門
後涼殿
清涼殿
仁壽殿
綾綺殿
溫明殿
宣陽門
紫宸殿
御輿宿
藏人所町屋
校書殿
宣陽殿
月華門
內裏
日華門
作物所
進物所
安福殿
春興殿
朱器殿
作物南舍
承明門
永安門
長樂門
建禮門
修明門
春華門

內裏（皇宮）

傀儡子神

一

盛開的櫻花在陽光中靜靜搖曳。

每一次搖曳，花瓣便會自枝頭一片兩片地飄落。

枝頭若是遇上微風，便輕輕搖動；風勢若大一些，就搖晃得劇烈一些。花瓣正是隨著其搖曳程度，自枝頭飄落。

櫻樹上，怒放的花朵不計其數。

在那數百、數千、數萬、數千萬、數億片花瓣中，已做好準備要離開枝頭的，寥寥可數。正是這寥寥可數的花瓣，隨著輕拂的微風飄落。

然後，下一陣風吹起。

直至下一陣風吹起，雖僅有瞬間，但在那瞬間，數億花瓣中的數片，已經做好了飄落的準備。

之後，隨著下一陣風吹起，那些做好準備的數片花瓣便會飄落。

然而，無論落了多少花瓣，無論飄了多長時間，櫻花花瓣的數量始終看似不曾減少。

彷彿毫無止境的時光被囚禁在盛開的櫻花中。

「眞是不可思議啊，晴明。」
說此話的人是源博雅。
博雅和晴明端坐在位於土御門大路的安倍晴明宅邸窄廊上，舉杯共飮。
「什麼事不可思議？博雅。」
晴明頓住正要端至嘴邊的酒杯，望向博雅。
博雅則一直端著盛有酒液的杯子，望著庭院的櫻花。
「看著櫻花花瓣這樣飄落，不知怎的，我的心也莫名雀躍了起來。」
「是嘛……」
「雖然古人有言，最能體現物哀之美的季節莫過於春天，可是……」
「可是，怎麼了？」
「老實說，飄落的櫻花確實令人爲之所動，心生物哀情懷，可是另一方面，望著飄落的櫻花，我總覺得心頭湧起一種，像這樣，很想翩然起舞的衝動。這一點，我自己都覺得很奇妙，感到不可思議。」
「那是因爲櫻花是一面鏡子。」
「鏡子？」

「嗯，沒錯。」

「什麼意思？這是什麼道理？」

「鏡子嘛，可映照出人的長相和姿態，而櫻花則清晰映照出人心。」

「什麼?!」

「人啊，雖然很清楚別人的長相，但其實不太清楚自己長得如何，只有在照鏡子時才會知道自己到底長得什麼模樣。人心也一樣。」

「怎麼個一樣法？」

「我剛才說的雖是櫻花，但其實也可以不是櫻花。人啊，只有在看到某些物事時才會動心。這時，才會明白自己的內心情感。靜止不動的東西，哪怕是自己的內心，就連當事人都很難看得見。」

「是嘛……」

博雅舉起停在半空中的酒杯，一口飲盡。

「所以呢？晴明。」

「什麼所以？」

「你剛才解釋說鏡子什麼的，我好像聽懂了一些，又好像完全聽不懂，弄得我剛才那種想翩然起舞、興高采烈的感覺都不知去向了。」

「哎呀，那眞是抱歉。」
「不、不，晴明啊，你不用道歉，沒有必要感到抱歉。只是……」
「只是什麼？」
「我也不太清楚。」
博雅說著時，有人穿過庭院走來。
是身穿唐衣的蜜蟲。
蜜蟲站在櫻花樹下，說道：
「有客人來訪。」
說畢，蜜蟲行了個禮。
「是哪位？」晴明問。
「是我。」
聲音傳出，接著有人從蜜蟲背後現身。
原來是蘆屋道滿。

二

小野五倫是伊豆國司。

他長期擔任外記職務，一路升上大外記，恰巧此時大外記沒有空缺，因而被任命爲伊豆國司。

小野五倫前往伊豆國赴任時，之前擔任國司副手的人因病而解任，剛好缺副手。

這個副手的角色，主要工作是輔佐國司。國司缺席時，副手甚至必須接手代爲處理各種政務。

由於缺乏副手，五倫做任何事都感到不甚方便，日常工作也無法順利進行。

「有沒有適合的人呢？」

五倫命人去找。

「駿河國有位能人。」某人如此答道：「這人賢能有才，能說善道，還寫得一手好字。」

聽說如此，五倫立刻遣人去召喚這名人物。

來的是個身材魁梧，肌肉結實，看上去十分穩重威嚴的男子。

「我的名字是丹。」男子說。

那男子前額有兩顆並排的黑痣。

看上去很嚴肅，說話時也不苟言笑。

措辭十分有禮。

「能不能讓我看看你的字？」

字——亦即書寫文字，運筆能力。

毛筆、硯臺和墨汁已備好，

紙張就擺在眼前。

丹拿起毛筆，立即在紙上寫起字來。

寫得不算頂好，不過已足以讓人看懂，而且沒有錯字，運筆輕快，

可以說是非常適合當副手的字。

除此以外的必備條件是出納管理，得看他能否正確計算稅收。

五倫取出一份事前命人準備好，相當複雜的帳簿。

「這東西，會納多少？」

意指，計算一下收入到底有多少。

「好的。」

丹看了一眼帳簿，取出事先準備好的算木，擺放運算起來。

「應該有這麼多吧。」丹說。

無須確認，丹所說的數字正確無誤。

「字寫得好，處事能力也足足有餘。那麼，你來工作吧。」

如此，丹便開始在五倫手下擔任副手的工作。

任用了丹之後，五倫發現他的能力比預想的強許多，無論交代他做什麼事都不會出錯。如果其他人手忙腳亂時，丹還會代替那人工作，卻也不會因此疏忽了自己的職責。

就這樣，丹在五倫手下工作了約兩年，在此期間，從未讓五倫感到絲毫不滿。

既然如此——

五倫便把領國內某領地的職務全權交給丹掌管。

丹從未傳出任何中飽私囊的風聞。

就某種意義來說，五倫讓丹掌管這項工作，是暗示丹可以從中牟取私利，納入懷中也無所謂，然而從丹的態度來看，他絕不會做出那種事。

過了約莫三年，丹的聲譽在鄰國也廣爲人知。

某日——

五倫與丹在面向庭院的房間工作。

準備了許多文件，要於其上蓋章——簡單來說，丹代五倫書寫公文書，亦即通函等，然後也由丹在這些文件上依次加蓋公章。

當工作大約完成了一半時，幾個人穿過大門，三三五五地走進庭院。

他們之中有人吹笛子，有人鳴鉦，有人擊羯鼓，其他人則手舞足蹈，興高采烈地歡歌曼舞著。

看上去像是傀儡子。

五倫望向他們，一名老人站在這隊人的最前方，說著類似開場白的話：

「來唷，快來瞧瞧唷，快來看看唷。此刻來到貴寶地的，是昔日曾在天竺、唐國，之後渡海來到我們日本國的傀儡子團。今日若有幸能在此獻醜，錢就不用了。來唷，來唷，來唷……」

那老人一頭白蒼蒼的長髮，蓬鬆雜亂；一雙溫和的黃色眼睛，在過眼長眉下閃閃發光。

他們之中有模仿人偶跳舞的舞者，也有從箱子取出人偶操弄、表演的藝人。

熱鬧非凡。

宅子裡的人都湊了過來。

假使這群賣藝人訊問「能否借用一下庭院」，那麼，這方還可以因爲正在工作，婉拒道：

「請改日再來。」

但他們冷不防就闖了進來，到此地步，也來不及阻擋了。

由於傀儡子團的熱鬧歡唱，五倫也情不自禁笑得合不攏嘴，跟著興高采烈起來。

當五倫無意間望向對面時，發現一直在蓋章的丹，做出與之前不同的動作。

本來在蓋章的丹的手，竟然隨著傀儡子團吹奏歌舞的節拍，打起拍子來。

不僅如此，再細看，丹的肩膀不也隨著三拍子的節奏搖來晃去嗎？

不知是不是因爲這樣，傀儡子團的歌曲與伴奏聲變得更大聲，也更熱鬧。

最後，丹往一旁扔下本來隨著三拍子節奏往下蓋的印章，站起來說：

「我受不了了。」

接著，從丹口中發出粗厚低沉的聲音。

丹配合著傀儡子團的歌聲，唱了起來。

在五倫的注視下，丹跳進庭院，隨著傀儡子團的樂曲跳起舞來。

粗壯的身軀，活動自如，那模樣看上去既滑稽又有趣。

最終——

傀儡子團的樂聲停止了。

四周突然靜謐無聲。

丹也停止跳舞，佇立在原地。

剛才述說著開場白的老人，站在丹身旁。

「玩夠了嗎？」老人問道。

丹用力收回下巴地點頭。

「那麼，就到此結束吧？」

老人伸出右手食指輕觸丹的額頭，丹的軀體突然縮成一團，砰的一聲往前倒下。

細看之下，老人脚下的泥地上趴著一具木偶——也就是人形傀儡。

三

「哎呀，哎呀，道滿大人，您今日因何大駕光臨呢？」晴明問道。

「因爲花開得美不勝收，想來讓你請幾杯美酒。」

從櫻花樹下走出來的道滿如此說道。

道滿的眼角浮現出略帶羞澀的笑意。

「請進，要酒的話，還多得很呢。」

晴明的聲音聽起來有些興奮，大概是因爲道滿的出現而高興吧。

「那麼……」

道滿從庭院登上窄廊，就地坐下。

蜜蟲立刻備了酒杯，擱在道滿面前。

蜜蟲往酒杯內斟酒。

道滿不慌不忙地飲盡。

「好酒。」道滿抹了抹嘴角。

「好久沒在京城聽聞您的消息了。」博雅開口搭話。

「因爲我去了一趟伊豆。」

「去了伊豆？」

「今年我想久違地與你們一起賞花喝酒，所以來此之前，應該給你們準備一些小禮物。」

「這和伊豆有什麼關係嗎？」博雅問。

「大約五十年前，我做了一具木偶，打算讓他有一天可以做我的酒伴。」

道滿端著重新盛滿酒的酒杯，送到嘴邊。

「木偶？」

晴明問道，似乎對此事頗感興趣。

「我把這具的木偶寄放在我認識的一位傀儡子師那兒。我原以爲，讓傀儡子師用上三十年的話，那木偶應該可以學會所有的樂曲和舞蹈，沒想到，木偶竟然在十幾年前行蹤不明。」

「行蹤不明？」

「要嘛被偷了，要嘛自己跑掉了……」
「既然是道滿大人親手製作的人偶，也不無可能。」
「聽說，失蹤那時，傀儡子團正好在駿河國。」
「是。」
「前些日子，我聽說這具木偶在伊豆那一帶做著類似國司副手的工作。」
「國司副手？」
「我認識的那位傀儡子師，既然有能耐和我往來，當然對咒術略知一二。他說，那伊豆的國司副手怎麼看都覺得和我做的木偶很像。」
「是嘛……」
「那個國司副手前額上有兩個這樣並排的黑痣。我製作的那具木偶，前額上也有兩個小孔，是用來吸取天地陰陽之氣。看過副手前額黑痣的人，告訴我說確實如此，所以我就特地跑了一趟伊豆，親眼確認，果然如傀儡子師所說，於是我便把那具木偶帶回來了。」
道滿把手伸進懷裡，取出一具木偶。
是具不足一尺的人偶，全身由木頭製成，四肢和頭部以粗線與軀幹連結。

「是這具……」晴明仔細端詳。

「大概是隨著對人世的見識增長，便覺得自己不是木偶，想以眞人的身分活在這世上吧。很久以前，我曾和一位名爲丹蟲翁的玄道士有過往來，我從他的名字中挑了個「丹」字，給這木偶取名。」

「原來如此。」

「我和傀儡子師團一起前往那位國守的宅邸，大夥兒跳跳唱唱的，這傢伙竟然忍不住地跟著跳起舞來，洩了底。唉，總覺得它也有些可憐……」道滿苦笑著，「既然帶回來了，就讓它在花下跳舞吧。」

道滿說畢，抬起木偶，對著木偶前額右邊的小孔吹了一口氣。

「呼！」

接著，對著木偶前額左邊的小孔，吸了一口氣。

「吸！」

「這樣一來，丹體內的陰陽之氣便會運轉起來……」

道滿還未說完，木偶的手脚就在道滿的手中扭動了起來。

道滿把丹擱在窄廊，丹即用兩條腿站了起來。噗噗、噗噗，丹的軀體開始變大，臉也逐漸變得近似眞人，而且甚至不知在何時，穿上了直衣。

「博雅大人，請吹笛。」道滿說。

「那我獻醜了。」

博雅從懷中掏出葉二，貼在脣上。

笛音簌簌地滑出，順著櫻花的風，流洩而去。

嘎吱！

嘎吱！

丹轉動著眼珠子，望向櫻花。

他微微歪著脖子，應該是在傾聽博雅的笛音。

丹的軀體隨著笛子樂音，輕輕地搖動了起來。

「你隨心所欲跳吧。」

聽道滿如此說，丹開心地浮出笑容。

丹跳下庭院，手舞足蹈地走向櫻花樹。走著走著，霍地手一伸，再啪的一聲用腳擊打拍子。

丹站在櫻花樹下，跳起舞來。

看上去很開心。

櫻花紛紛飄落在丹的身上。

博雅的笛音，隨著丹的動作，時而變快，時而緩慢起伏，時而又跳躍起來。

晴明一邊喝酒一邊微笑。

道滿有點羞赧地笑著。

吹笛子的博雅也開心地浮出笑容。

櫻花飄散。

花瓣飛舞。

無論飄落多少櫻花，看上去都沒有減少。

這是一場爛漫的花之盛宴。

砍竹翁

一

在嵯峨野[1]深處，住著一個名叫青盛的砍竹男子。

他原是平氏[2]的屬下武士，但在某時放棄了世俗生活，隱居山林。

青盛平時在山中砍竹，用砍來的竹子編製籃子及笊籬，再拿到京城出售。

由於他手藝精巧，有時還會製作毛筆和笛子，多換些錢、絲綢和稻米，以此過著日子。

起初，他和年邁母親兩人相依爲命，後來青盛娶了名爲小竹的女子爲妻。

夫妻膝下仍未有孩子。

妻子小竹本來在京城的藤原重末宅邸工作，青盛與該宅邸有生意往來，常來常往之下，兩人愈增親密，小竹最終成了青盛的妻子。

豈知——

嫁給青盛不到一年，小竹就想念起京城的生活來了。

「你倒還好，總可以出門去到京城，可我每天都要待在這裡，重複做

1　京都市右京區。
2　由日本天皇賜姓的皇族之一。

著同樣的事。」

有時，小竹會如此哭訴，因此日後青盛要前往京城時，大概三次中有一次會帶著妻子一起下山。

青盛的母親，無論年紀增長至幾歲，依舊十分健壯，經常獨自一人進山砍竹。也不知她具有什麼獨特眼力，每次她從山中砍來的竹子，其紋理都比青盛砍的要好得多，因此青盛每逢受託做重要商品時，都會用母親的竹子。

五年前，母親在青盛前往京城期間入山砍竹，就此沒有歸來。

青盛連續多日入山，在母親可能會前去之處尋找，可終究找不到人。

「我要是活得太久就對不起你們了，所以我想趁還能動時，死在我心愛的山中。」

青盛的母親平時總是這麼說，青盛便認為或許母親是打算再也不回來而主動入山的。找了十天左右，青盛就放棄了繼續搜索的念頭。畢竟已過了十天，在山中應該不大有活著的可能了。

大約五年後的今年夏初——

有一天早上，妻子小竹對青盛說：

「我眼睛疼。」

她說她本來是睡著的，但因爲眼睛隱隱作痛，天還沒亮就醒來了。

「怎麼回事？」青盛醒過來問。

妻子向青盛說明理由，待天亮時，青盛讓妻子給他看看眼睛，才發現她雙眼通紅。

妻子以水沖洗了眼睛，再用蘸水的布巾敷在眼上，觀察病情，疼痛並沒有消退，似乎還更加劇了。

到了晚上，疼痛更嚴重；第三天夜晚，已經疼得無法入睡。

青盛在他所知的藥草中挑了幾種可能有效的，熬煎給小竹喝，也還是治不好。

「痛啊、痛啊……」

每天晚上，青盛都會被小竹的聲音給吵醒。

青盛也跟著連覺都睡不著。

這應該非同尋常。

於是，青盛決定向安倍晴明求救，帶著小竹一起來敲了安倍宅邸的大門。

「這太嚴重了……」

晴明看著小竹的眼睛，低聲說道。

小竹的眼睛已經超越了充血通紅的程度，變成鮮紅血色了。

「我們先去嵯峨野看看吧。」

晴明如此說，和當時在場的源博雅一起來到青盛家，從懷裡掏出一張白紙，剪成了人偶形狀。

「把眼淚滴在這兒……」

說畢，晴明將手中的紙人偶貼在小竹的眼睛上。

從小竹眼裡溢出的淚水在紙人偶上形成了紅色斑點。

晴明伸出右手手指貼在小竹的眼皮上，簡短唸了一句咒文，接著用同一根手指，點著左手中的紙人偶，同樣簡短唸了一句咒文。然後，將紙人偶擱在地面，紙人偶猝然站了起來。

紙人偶跨出腳步。

「來，我們走吧。」

晴明跟在紙人偶後面，跨出腳步。

在晴明的催促下，博雅、青盛、小竹也跟在晴明身後。

紙人偶走進樹林中。

在新綠的樹林中往前走著。

紙人偶的身軀隨風搖搖擺擺，但沒有被風吹走，繼續前行。

穿過房子後面的竹林，直直往山中深處走去。

大約過了一刻，紙人偶依然走在深山的竹林中。

紙人偶停了下來。

看到紙人偶面前之物，眾人大吃一驚。

「怎麼這樣?!」

原來在紙人偶面前，仰躺著一具身穿女子長袍，幾乎已經化成白骨的屍體。

「晴明，這……這是?!」

博雅驚愕地問晴明。

「是家母……」青盛說。

那具屍體正是五年前失蹤的青盛的母親。

青盛的母親每次入山，即使找到了好竹子也不會馬上砍下。

「還要再等十天左右才適合。」

她總是這樣說，然後過了十天再度入山，砍下不知在何處發現的一根竹子帶回來。

雖說身體健壯，但終究年紀大了，又何況是女人之身，所以每次都只帶一根竹子回來。她不只砍掉樹枝，也去掉其他多餘的部分，因此，青盛的母親即便是獨自一人，也能夠帶著一根竹子回家。

青盛的母親從未向兒子和小竹透露過好竹子在何處，她總是獨自找到竹子，砍下，再帶回來。

看樣子，青盛的母親應該是來到這個祕密之處，突然身體不舒服，在此倒地不起的吧。

「眼睛疼痛的原因是這個吧。」

晴明如此說，伸手指向屍體頭部。

不用晴明指出，在場的眾人都清清楚楚看到了那一幕。

骷髏還留有白頭髮，竹筍在骷髏的兩顆眼窩中發芽成長，延伸出來，填滿了眼窩。

「這可能是令堂爲了讓我們知道這個地方，而借用了小竹大人的軀體訴說眼睛的疼痛吧。」

青盛割開那竹筍，從母親的雙眼中拔出。

「這樣，再過三、四天左右，眼睛的疼痛就會消退了吧。」晴明說。

如此，屍體被運回來，葬在青盛家後面。

三

晴明和博雅在窄廊喝酒。

庭院裡開著紫藤花，雖然已經過了花期，依然散發出甜美香味，順著風，飄到兩人所在的窄廊。

此地是位於土御門大路的晴明宅邸庭院，池塘邊盛開著菖蒲。

每當兩人的酒杯空了，坐在一旁的蜜蟲就會在杯中斟酒。

「眞是太了不起了，晴明。」博雅說。

「什麼了不起？」晴明問。

「這個庭院的狀態。看樣子，不出幾天，夏天就會把春天推向某處，蜂擁而來。」

博雅如此說著，將杯裡的酒送到口中。

似乎可以感受到空氣中充滿了一種具有張力的新生力量。

「話說回來，青盛的母親那件事那麼輕易就解決，眞是太好了……」

博雅擱下酒杯，望向晴明。

「小竹大人的眼睛應該已經痊癒了吧。」

博雅將視線移至庭院的紫藤花上。

離上次去嵯峨野，已經過了五天。

「哦，關於那件事……」晴明像是想起了某事地說。

「怎麼了？」

「唔，有一點讓我耿耿於懷。直到現在，我依舊難以釋懷。」

「什麼意思？」

博雅說此話時，式神呑天慢悠悠地出現在庭院。

「有客人來訪。」

呑天彎著胖墩墩的軀體，行了個禮。

跟在呑天身後走來的，正是五天前剛道別的青盛。

青盛的五官揪成一團，看上去十分憂心，應是陷於走投無路的困境。

「發生了什麼事嗎？」晴明問。

「那個……」

青盛不知如何是好地左右搖晃著頭，接著如吐出一塊石頭般沉重地說：

「小竹的眼睛還是沒好。」

四

青盛埋葬了母親的屍體後，小竹的眼疾並沒有好轉。不僅如此，隨著時間流逝，病狀竟日益惡化。

「痛啊，痛啊……」

不只在夜晚，白天裡小竹也哭訴著疼痛，有時因忍受不了痛苦而在地上打滾。

小竹不僅是兩眼通紅，還從眼裡滴答滴答地流出血來，流得鮮血滿面。

青盛覺得太不尋常，於是再次來拜訪晴明。

「晴明啊，你不是說有什麼讓你耿耿於懷嗎？」

在前往嵯峨野的牛車中，博雅如此問。

「嗯，我是這麼說了。」

「那到底是什麼？」

「我在意的是，青盛大人的母親到底爲了什麼而入山？」

「不是砍竹子嗎？」

「若是爲了砍竹子，屍體一旁應該留有柴刀或斧頭之類，任何可以砍伐的工具，但實際上並沒有。」

「什麼？」

「當時我便這麼想，環顧了一下四周，沒看到任何工具。」

「也就是說……」

「他母親不是爲了砍竹而上山，是因爲其他理由才去的，否則就是不知在哪裡弄丟了工具。如果是弄丟了，那又會在哪裡呢？又因什麼理由而遺失呢？」

「你那時爲什麼沒有說出呢？」

「我當時沒有想那麼多。我以爲只要查清小竹大人眼睛疼痛的原因，事情就解決了。可是小竹大人的眼痛仍未消退，那就另當別論了。」

「其他有什麼問題嗎？」

「除了這點，我還有其他想法。」

「什麼想法？」

「我只能說這麼多了。剩下的，等我們到了目的地，再看看我的想法是否正確，到時候再告訴你。」

「是嘛……」

博雅像是聽懂，又像是沒懂地點了點頭。

五

「痛啊，痛啊……」

小竹捂著臉，蹲坐在地面，鮮血從手縫中流出。

「哎，這得要盡快想個辦法呀。」

晴明望向青盛，問道：

「對了，請您再說一遍五年前的事，當時到底是什麼情況呢？」

「那天，我去城裡賣我做的籃子。傍晚回來時，小竹告訴我，說家母上山砍竹子，到現在都沒回來。」
「是令堂向小竹大人說要上山砍竹子的嗎？」
「如今小竹都那樣了，我就代她回答。是的，當時她確實是這麼說的。」
「沒說明去了哪裡嗎？」
「是的，我聽到的是這樣。」
「令堂總是如此嗎？」
「是的，家母也總是不告訴我她要去哪裡砍竹子。」
「令堂砍竹子時，都用什麼工具呢？」
「家母每次總是帶著……」
青盛將雙手張開成一尺多的寬度。
「大約這麼大的柴刀。」
「那麼，五年前那時也是嗎？」
「應該也是。我找過了，家中不見家母經常用的那把柴刀，所以我就認爲家母應該是當時帶走了……」

「我明白了。」

晴明點點頭，朝著蹲坐在地面，哀叫著「痛啊、痛啊」的小竹走去。

晴明從懷裡掏出一張對摺的紙，用右手指尖捏住夾在紙裡的東西——

一根頭髮。

「晴明，那是什麼？」

「是纏在青盛大人母親右手手指上的東西。」

晴明邊說邊將頭髮擱在地面。

「主人快快報上名來，主人若不肯報名，汝就主動回到主人身上。」

晴明唸了三遍。

結果——

擱在地面的那根頭髮突然動了起來。

它像尺蠖那般，用力抬起接近中段的部位，接著一伸一縮在地面爬了起來，明顯朝著小竹的方向爬去。爬到小竹身旁，又繼續爬到小竹身上，再順著脖子，最後爬到頭上，鑽進了小竹的頭髮裡。

「小竹大人，您撒了謊吧。」

晴明溫柔地向小竹如此說。

「您是不是還有什麼事沒告訴我們？」

小竹雖然疼痛萬分，仍用力上下搖晃著臉，點了點頭。

「啊，對不起，是我殺了婆婆。」

小竹一邊呻吟一邊說出令人難以置信的話。

「那天，婆婆上山後，我也跟在後面，一直走到相當深的地方，我才叫住了她。趁著婆婆轉過身來時，我用手指戳了她的眼睛。」

「什麼?!」

青盛大喊了出來。

「爲什麼？你爲什麼會做出這種事？」

「因爲我太痛苦，沒有辦法告訴你。可是，你應該也知道，婆婆一直責備我爲什麼還沒懷孕吧？」

「唉，我知道。」

「每當你出門不在家，婆婆總是會拿此事加倍嚴厲責備我，說我的肚子有問題，不是狠狠拍打，就是用力踹我的肚子，我實在忍無可忍，五年前，我就想，要是婆婆消失了不知多好，於是帶著一把斧頭，跟在婆婆身後一起上山，打算殺死她。可是，我終究下不了手，所以就朝著她的眼睛……」

「爲什麼是眼睛？」

「因爲我想，就算我下不了手，只要弄瞎她的眼睛，她應該怎麼走都回不了家，會迷失在深山裡，最後就這麼死掉吧……」

「你怎麼會做出這種事！」青盛說。

「請原諒我，良人。原來婆婆不是要我們替她移走竹子，而是在詛咒我。是我錯了，晴明大人，求求您，請您幫我擺脫這種痛苦和折磨。」

小竹痛苦呻吟著，斷斷續續地說。

「您戳了婆婆的眼睛，她萬分痛苦之際抓住了您的頭髮，有幾根頭髮就纏在她手中而遺留下來。那把柴刀之所以沒有留在現場，應該是婆婆在山中亂走時，途中掉落了。您的頭髮殘留在她的手指上，成爲詛咒的媒介，讓她一直詛咒您。今年，因爲竹筍偶然從婆婆的眼孔裡長了出來，令她的詛咒終於啓動了吧。」晴明說。

六

青盛挖出埋在房子後面的母親的屍體，將纏在她右手中的頭髮全都去掉，第二天小竹的眼睛就不痛了，又過了十天左右，小竹的眼疾便完全治癒了。

四個月後，晴明和博雅去探望他們，發現他們已經離開了此地。

荒蕪的房子裡長滿了爬山虎和藤蔓，風不斷往房裡颳，四周只剩孤獨的秋蟲鳴叫著。

相向的女人

一

夏天即將要結束。

然而，蟬鳴聲並沒有減弱，反倒比盛夏時期叫囂得更加刺耳。

就連白天的暑氣也宛如大地在沸騰，熱得讓人懷疑這個夏天到底會不會結束。

不過，一到夜晚，又出人意表地吹起一陣涼風，草叢中的蟲聲也在不知不覺中被秋天的蟲鳴取代。

夜晚——

弦月懸空。

晴明和博雅坐在窄廊，悠閒自在地喝著酒。

每當酒杯空了，身穿唐衣的蜜蟲便會往杯中斟酒。

雖然燈臺上只點燃一盞燈火，但朝著燈火亮光飛撲而來的蟲子明顯減少了許多。

晴明豎著單膝，右手端著盛有酒的杯子，望向黑暗，像要識別草叢中鳴叫的蟲子是何模樣。

「噢……」

博雅出聲，因爲看到黑暗中閃爍著一道綠光。

是螢火蟲。

那道綠光在半空飄動著，閃爍了幾下後，消失在黑暗中。

大概躲進草叢的陰影裡了。

「原來螢火蟲還活著啊。」

博雅嘆了一口氣說，接著飲盡手中酒杯內的酒。

酒杯才擱在窄廊，蜜蟲立即往杯中斟酒。

「難道人的感情也是那樣嗎？」

「嗯？」

聽博雅如此說，晴明收回望向庭院的目光，轉移到博雅身上。

「你指的是？」

「那個……不是，你聽我說，晴明。打個比方，年輕時我們談戀愛，有了心上人，一天又一天，無論睡著還是醒來，都會想起那個人，日子過得悲苦。」

「嗯。」

「可是，過了二十年、三十年之後，彼此都老了，有時也會遭遇心上人去世。過去明明沒有一天不想對方，卻在不知不覺中，沒有想起對方的日子一天比一天多了起來，當意識到這點時，才發現我們幾乎已忘了那個人……」

「嗯。」

「但是，明明以爲已經忘記了，卻在某一天，比如像今天這樣的夜晚，突然想起對方，懷念起對方。然後想到：哦，對了，我曾經深深愛過那個人，就像那螢火蟲一樣……」

「博雅啊，原來你有過這樣的對象。」

晴明說，嘴角浮出笑意。

「不，不是，我不是在說我的事。一開始我不就說是打個比方了嗎？正因爲怕你會這麼說，才會強調說是比如嘛……」

「哎，就當做有過這樣的人吧，博雅。」晴明說。

博雅端起窄廊上的酒杯，一口飲盡剛盛滿的酒，接著說：

「別嘲笑我了，晴明。」

「不，我沒有嘲笑你。」

「有，看你的眼神，就知道你在笑我。」

「我沒有。博雅啊，我是因爲喜歡這樣的你，才會出現這樣的眼神。」

「你說什麼？」

「不要再讓我說這種話了。」

晴明移開對著博雅的視線，轉頭望向庭院。

博雅也跟著轉頭望向庭院。

冷不防——

黑暗中再度出現了亮光。

這次是兩道。

庭院那棵楓樹後面的黑暗處，出現了發出兩道並排著的青綠色亮光之物，而且那兩道亮光同時在閃爍著。

看上去不像是螢火蟲。

有時，數隻螢火蟲會同時發出亮光，並同時閃爍。但那兩道亮光距離相同，如果是兩隻邊飛舞邊發光的螢火蟲，彼此的位置應該會在空中有所變化，但那兩道亮光一直沒變。

「晴明，那是什麼？」

「是睽違已久的那位貴人大駕光臨了。」
「那位貴人？」
博雅還未說完，那兩道亮光即出現在月光中。只是，僅靠半個月亮的亮光，仍無法看清那到底是何物。
待對方一步步挨近至燈火可以照看之處，才漸漸讓人看清其身影。
那是一頭黑色野獸。
是一隻巨貓。
倘若博雅沒看過老虎，或許會認爲那就是一頭黑虎。
不過，那不是老虎。
是貓又[1]。
豎在貓又身後的尾巴末端分叉爲兩股，兩股尾巴末端熊熊燃燒著青白色火焰。
有一個人以跏趺坐姿坐在貓又背上。
那人臉龐削瘦，眉清目秀。
看上去與晴明有點相似，但他又多了一股不可思議的魅力。
「久違，久違，保憲大人。」

1 尾巴末端分叉的妖貓。

賀茂保憲——是晴明的師父賀茂忠行之子，對晴明來說，即爲師兄。
「我聞到了酒味。」
保憲說著像是出自道滿所說的話，從貓又背上跳下，站到草地。
保憲摸了摸貓又的頭，貓又立即縮小身軀，恢復成普通的貓大小，在草叢中坐下，蜷縮成一團。
這隻貓又是保憲使役的式神[2]，名曰沙門。
「博雅大人也在此呀？」保憲說。
「晴明說家裡有好酒，邀我來喝，我就上門問候了。」
「那可眞巧……」
保憲笑容滿面，再望向晴明說：
「也請我喝一杯吧。」
說畢，保憲登上階梯，跨上窄廊。
晴明和博雅相對而坐，保憲坐在兩人之間，恰好面對庭院。
蜜蟲已經準備了另一個酒杯，擱在保憲膝前。
蜜蟲往杯中斟酒，保憲端起酒杯，一口氣灌進了肚子。
「確實是好酒。」

2 是一種凡人看不見的精靈。陰陽師能夠施法使這些精靈化為式神，並操縱他們，只不過操縱的精靈程度不一，或下等或上等，取決於陰陽師的能力。

保憲用右食指抹去唇邊的一滴酒。

「請問您此來有何貴幹？」晴明開口。

這時，蜜蟲已替空杯斟滿了酒。

保憲伸手打算端起那酒杯時，有人擋住他的手。

「您先說明來此目的後再喝吧。」

原來是晴明伸手擋住了酒杯。

「好吧，就依你。」

保憲點頭，朝著晴明微微探出身。

「話說，三天前，橘忠治大人就一直昏迷不醒……」

保憲壓低聲音如此說。

二

事情是這樣的。

從三條大路的朱雀大路往東走一小段，就在神泉苑[3]附近，正是橘忠治的宅邸。

橘忠治的妻子出身高貴，名曰音子。

對忠治來說，音子是每天面對面生活的女人，她以正妻身分和橘忠治同住在一個屋檐下。

五年前，音子和橘忠治以和歌與情書互表心意，音子開始接受忠治的走訪[4]，待三天三夜的婚禮年糕儀式結束，音子便住進了忠治家。

這五年來，忠治和音子兩人都沒生過什麼大病，然而就在第六年，三天前的早晨，平日都早起的忠治竟然沒有起床。

大家認爲偶爾也會這樣，過一會兒應該會醒來了吧，於是就任忠治繼續睡著。

可是一直到了日正當中，忠治還是沒有起床。

家僕覺得這事非比尋常，便到忠治的寢室探看。

忠治身上蓋著被子，看似還沉睡著。

「大人，您差不多該起床了。」

家僕出聲叫喚，忠治還是沒有醒來。

於是又再靠近一點。

「大人，請您起床吧，大人。」

---

3 建於平安京皇宮東南方的御苑，東西約二四〇公尺，南北約五百公尺，中央有池塘，是天皇與朝廷官員的宴遊場所。現為東寺真昌宗寺院。

4 平安時代的男女交際習俗是「訪妻婚」，男方於夜晚探訪女方，住宿一夜後，翌日清晨離去。由於沒有法律約束，男方可以隨時中止「訪妻」行為。一旦男方不再來訪，女方可以再與別的男人來往。

家僕伸手輕輕搖晃著忠治的身體，忠治依舊沒有醒來。

「請醒醒吧。」

家僕再度用力搖晃，忠治還是沒有醒來。

至此，家裡的人發現了他的樣子不尋常，喚了音子來，大家試過各種方法要喚醒忠治，卻都無效。

他們試過在忠治身上潑水，也試過讓他口中含著清水，各種方法都試過了，忠治還是沒有醒來。

忠治的呼吸一如往常，也沒有打鼾。

如果打鼾，可以斷定爲中風，但因爲忠治沒有打鼾，中風的可能性極低。

就在大家不知如何是好之中，即過了三天。

三

「所以，忠治的親人就來找我哭訴，拜託我幫他們想想辦法。」保憲說。

這三天來，忠治不吃不喝，雖然只是睡著，但他的身子日漸消瘦，腮幫子都凹陷了，要是再這樣過三天，恐怕就會沒命。

家裡的人認爲已到了該向人求助的地步了。

「所以呢？」晴明問。

「晴明啊，你就別裝糊塗了，既然我來到此地，你應該知道我的意思吧？」

「不知道。」

「我的意思是，你能不能代我去橘忠治那裡，設法解決這件事。」

「就知道你會這麼說。」

「既然如此，又何必特意要我說出來呢？」

「是。」晴明點頭。

「你也明白，我向來不擅長處理這種事，我想應該是你安倍晴明出場的時候了，才來這裡找你。」

「保憲大人，您對這件事有何想法呢？」

「多少有些想法。」

「怎麼想？」

「這個嘛，還是不說爲妙。假如我告訴你這件事是怎麼回事的話，大概就不會有什麼好結果了。」

「我想也是。」

「就算事情正如我所猜測的那樣，我確實也可以遣人過去，向忠治的親人仔細說明事情原委，再吩咐他們這樣那樣做，可是萬一我猜測失誤，很可能會危及到忠治的性命。所以，晴明啊，還是讓你去比較恰當。」

「眞狡猾……」晴明低語。

「狡猾？」

「您自己能解決的事卻要我去處理，您是打算喝完酒就走，對吧？」

「是這樣嗎？」

「就是這樣。」

「不好意思，拜託你了。」保憲行了個禮。

保憲行完禮，再抬起頭時，臉上掛著笑容。

晴明苦笑著，回道：

「那麼，明天我和博雅大人一起……」

保憲明明知道晴明和博雅的交情，晴明其實沒有必要對博雅使用敬

辭，卻故意這麼說。

「我也去？」

「是。」晴明點頭，「每次保憲大人要丟給我去解決的事，通常都牽涉到男女關係……」

「那爲什麼要我一起去呢？」

「因爲我不太清楚男女之間的微妙情意，博雅大人應該比我更了解些，如果博雅大人在場，就能注意到我沒注意到的事。」

「你是在指剛才的事嗎？晴明，別再笑我了……」

晴明像是沒聽到博雅這句話，逕自說：

「一起去吧。」

「唔，嗯。」

「明天動身。」

「噢，走。」

當事情就這麼決定了，保憲已再次端起酒杯，津津有味地喝了起來。

四

庭院中綻放的曼珠沙華，紅花瓣迎風搖曳著。

一隻黑色鳳蝶輕輕拍著翅膀，在花瓣四周繞來繞去。

晴明和博雅跟在領路人身後，一面觀看鳳蝶，一面穿過遊廊，步入橘忠治的寢室。

幔帳的另一方，鋪著一床繧繝錦[5]邊緣的榻榻米，忠治正仰躺在其上。

妻子音子坐在忠治枕邊。

彼此簡短互道了問候。

「雖然我已經大致聽說了事情概要……」

晴明開口，再請音子述說事情的來龍去脈。

內容與保憲之前說的幾乎完全相同，但有一點新發現，原來那天晚上，音子也在這裡與忠治一起就寢。

平時，音子都在宅邸北殿生活，讓忠治這方來來去去，但那天夜晚，音子與忠治都一起睡在忠治的寢室，直至清晨。

音子先起床，留下沉睡的忠治，回到北殿打理好儀容後，本應一起用

5 繧繝是利用同色系，不同濃度的層次組合而成的染織品，主要是由紅綠紫等色系構成，並繡以菱、花鳥、或是圓形的小紋樣。在平安朝以後成了定形的錦紋樣，作為宮中、神社、佛閣榻榻米的邊緣裝飾。

早餐，這時音子才發現忠治還沒有醒來。

「可以讓我觀看忠治大人的面容和身體嗎？」晴明問。

「請。」音子點頭。

忠治看上去相當削瘦憔悴。

直至今天早晨的這四天來，忠治的肚子裡只進過家裡的人讓他含著的少量清水，充其量只能潤潤他嘴脣罷了。無論是米飯還是蔬菜，忠治都沒有吃過任何一點。

削瘦憔悴是理所當然。

只是乍看之下，像是在熟睡中。

忠治的鼻下和下巴都長出稀薄的鬍子。

晴明伸手貼在忠治的額頭，接著打開忠治的衣領，直接把手貼在忠治的胸口。

「怎麼樣？有什麼發現嗎？晴明。」博雅問。

「因爲忠治大人沒有吃任何東西，有些虛弱，但除了醒不過來這點，忠治大人的身體沒有什麼異常。」

「還發現什麼嗎？」

「之所以會變成這樣，我可以想到的原因有幾項，但也反倒是可能性太多，我得從中挑選出一項。」

「忠治大人以前留著一臉完美的鬍鬚，看上去神態威嚴，現在竟變成這樣……」

博雅說到此，晴明即打斷了他的話，問道：

「博雅大人，您方才說什麼？」

「哦，我是說，忠治大人是個很有威嚴的人。」

「更前面的。」

「更前面的是？」

「您說忠治大人留鬍子。」

「哦，是的，他之前確實是留著一臉完美的鬍子。」

晴明沒有聽完博雅的話，就轉向音子，問道：

「確有此事？」

「是，正如博雅大人所說那般。」音子答。

「忠治大人何時剃掉了鬍子？」

「那是……」

音子想了一下。

「正好是四天前的晚上，就是發生此事的前一天夜晚，或者說，當天晚上。」

「忠治大人親手剃的？」

「是我幫他剃的。」

「那又是爲什麼呢？」

「以前我就對忠治大人說過，他的鬍子刺得我很痛，四天前，他終於主動說要剃掉鬍子……」

音子說，那天晚上，準備好剃鬍子的工具後，她自北殿來到忠治這間寢室。

據說，忠治讓音子剃完鬍子，接著完成夫妻房事，之後就一直睡到天亮。

「我還想問您一件事，忠治大人每次就寢時，都把頭朝向哪個方向？」晴明問。

「這個嘛……到底是哪個方向呢？」音子歪著頭。

「忠治大人此刻是把頭朝向西方，平時他是不是都把頭朝向相反的東方呢？」

「這……」

音子回答不出來，嘴唇微微顫抖。

靜靜地看視著這一切的晴明突然昂聲問道：

「能借用一下筆墨嗎？」

「啊，可以。」

音子點頭，再向帶著晴明和博雅來到此處的領路人說：

「馬上去準備大人所說的東西。」

不多久，硯臺、水、墨和筆即送來了。

晴明開始磨墨。

「喂，晴明，你到底打算怎麼做？」

「博雅大人，感謝您方才告訴我有關忠治大人鬍子的事。趁我在準備時，有一件事想要拜託您。」

「什麼事？」

「我想請您把忠治大人的頭腳，朝反方向轉，就是把頭朝向東方。」

「我是無所謂，但……」

博雅似乎想問些什麼，只是他很清楚晴明在這種情況下的處事方式，於是又點頭說：

「好吧。」

博雅站起身，把手伸進忠治兩側的腋下，將頭腳的位置對調，讓忠治的頭朝向東方。

這時，晴明手中已經握著含有墨汁的筆。

「博雅大人，您能不能說明一下，之前，忠治大人的鬍子長得是什麼樣子呢？」

「我記得，他鼻下的鬍子應該是這樣……」

博雅用手指在鼻下描畫。

「下巴呢？」

「我記得下巴好像是這個樣子。」

晴明按照博雅所說，用筆墨在忠治的鼻下和下巴畫上鬍子。

「那邊應該再長一點。」

按照博雅所說，晴明逐次在畫好的鬍子上加以修正。

「嗯，這樣應該差不多了。」

博雅說此話後，晴明擱下筆，回道：

「那麼，就到此爲止。」

「喂，晴明，接下來打算怎麼辦？」博雅問。

「不怎麼辦。」

「不怎麼辦？」

「只要等著就可以了。」

晴明輕聲說，轉頭望向音子。

音子避開了晴明的視線，低垂著雙眼，身軀微微顫抖。

她臉色蒼白。

此時——

寢室的半空中，出現了一飛舞之物。

正是方才在庭院的曼珠沙華一旁嬉戲的黑色鳳蝶。

那隻鳳蝶翩翩飛舞著靠過來，停在忠治的嘴脣上。

才見鳳蝶停下來，一瞬間，鳳蝶即消失蹤影。

忠治睜開了雙眼。

「您醒來了嗎？」晴明如此問。

忠治緩緩抬起上半身，愣頭愣腦地環顧著四周的人，開口說：

「啊，口好渴，能給我一些水嗎？」

音子哇地大叫了一聲，往前趴倒，哭了起來。

這時，晴明已經站起身。

「博雅，我們走吧。」晴明說：「接下來的事涉及男女感情，我們跟保憲大人一樣，無能為力了。」

「這，可是，晴明……」

博雅雖如此說，還是站了起來，追在已邁出腳步的晴明身後。

五

夜晚——

晴明和博雅在窄廊喝酒。

空氣中的暑氣已然消失，陣陣涼風吹拂。

夏天在不知不覺間不知去向了。

四周只點燃一盞燈火，蜜蟲在火光中往空酒杯內斟酒。

「話說今天白天，到底是怎麼回事啊……」

博雅一副百思不解的表情問晴明。

「是靈魂出竅。」

「靈魂出竅？」

「忠治大人的靈魂離開了軀體。其間，音子大人爲了不讓他的靈魂回到軀體，動了些手腳。」

「動了手腳？」

「音子大人趁忠治大人熟睡時，不但剃掉了他的鬍子，並調換了方向。」

「什麼……」

「自古以來，人們不是說，絕不能在熟睡中的人臉上畫鬍子，或轉換熟睡者身體的方向，或强行喚醒……」

「那、那是爲什麼？」

「因爲熟睡中，人的靈魂會從身體內溜出來，在外面遊蕩。這時，如果改變了他的容貌，或轉換方位，他的靈魂就會回不來。不要勉强叫醒熟睡者的說法，也是一樣道理。」

「這、這、可是……」

「離開了人體的靈魂通常會化爲蝴蝶。當時回來的那隻蝴蝶，正是一時離開軀體的忠治大人的靈魂。」

「不，我想問的不是這個，而是爲什麼音子大人要這麼對忠治大人呢？」

「這問題，你應該問庭院中那位而不是我。」

晴明望向庭院。

博雅順著晴明的視線，也望向庭院。

月光中，站著一名老人。

老人身上穿著一套破破爛爛，看似黑水干[6]的衣服，頭上的銀白長髮蓬蓬鬆鬆。

老人正用一雙黃燦燦的眼睛凝視著晴明和博雅。

是蘆屋道滿。

「道滿大人！」博雅大喊。

「橘忠治大人那件事是道滿大人所爲吧。」晴明開口。

「哎，是那個女人拜託我，我用一杯酒的代價答應了。」

---

6 從狩衣演變而出，是狩衣的簡化裝束，領口用長線繫結。原為武家便服，後來公家也穿，最後成為下等官員或尚未施元服之禮的貴族男童所穿之便服，同時是一般庶民的日常裝。

道滿用右手手指在長如飛蓬的白髮中用力抓撓。

臉上浮現著有些靦腆的笑容。

「事情是這樣的，我路過這一帶時，聽到有人在哭泣的聲音，心想或許可以藉此賺得一兩杯酒，於是便問對方是不是遭遇了什麼問題，結果對方說丈夫一直出門去走訪其他女人，令她傷心欲絕……」

道滿說的那個女人，正是音子。

忠治走訪的女人住在西京。

根據音子的說法：

「我發了好大一頓脾氣，好不容易才讓丈夫不再去……」

不過，音子又說，儘管如此，忠治似乎並沒有停止走訪那個女人的行爲。

忠治有時會順口說出那個女人最近怎樣，穿著什麼樣的衣服等，音子遣人調查了一下，確實如忠治所說那般。

音子起初懷疑忠治是不是又去走訪那個女人，但事實並非如此。

「我查了一下，原來忠治大人每夜都靈魂出竅去到那個女人身邊。」

道滿不出聲地笑著。

「於是，我就按那女人拜託的，向她傳授了如何讓忠治大人的靈魂無法返回軀體的方法。只是我也說，倘若有其他陰陽師或和尚出面的話，一切就會被識破。忠治大人的宅邸裡有人和保憲走得很近，我本來以爲保憲一定會來，結果，晴明啊，沒想到來的人竟然是你。如果是保憲，我本來打算讓他請我喝點美酒，可是那傢伙好像察覺到了什麼，便把事情推給你，自己跑掉了。多虧他這一舉，害我沒能喝上美酒。晴明，這一切都是你的錯。所以，今晚我想就要你請我喝酒了。」

道滿又說，正是因此而前來拜訪。

「您眞是令人傷腦筋啊。」晴明苦笑道。

「隨便你怎麼說。反正，人活在這世上，不就是爲了在死之前盡興玩要嗎？你就請我喝一杯吧……」

道滿抿嘴一笑，登上窄廊。

三人暢飲了起來。

庭院中已經吹起了秋風。

狗

一

信濃國小縣郡住著一個名叫大伴連忍勝的人。
有個十二、三歲的女童在忍勝的宅邸裡服侍。
這名女童原本是忍勝親戚家的女兒，因父母雙雙染上瘟疫去世，忍勝便收留了她，讓她住進宅邸做事。
女童名爲多彌子。
多彌子於半年前來到忍勝的宅邸，當時正好是櫻花盛開時期。
那時，發生了一件奇怪的事。
忍勝宅邸隔壁的鄰居家養著一隻白狗。
那隻狗很溫順，對任何人都很友善，即使是陌生人來訪，牠不但不會吠叫，反倒搖著尾巴迎上前去。
不料，這隻狗一看到多彌子時竟突然吠叫起來，欲撲上前去。
狗瘋狂地吠叫，齜牙咧嘴，發出低吼，一臉凶狠地瞪著多彌子。
多彌子嚇得動彈不得。
忍勝擋在多彌子前，正要斥責那狗時，鄰居家主人也趕過來壓制了

狗，總算沒有讓牠咬傷或撲倒多彌子。不過，至今從未對人吠叫或是攻擊的這隻狗，究竟是怎麼了？

自此以後，常會見到這隻白狗看到多彌子便對著她狂叫，並試圖撲上前去。

而多彌子也開始隨身攜帶一根杖子，不時用這根杖子驅趕欲撲上前來的白狗，有時甚至會先發制人地用杖子擊打牠。

有傳聞說，白狗在夜裡會一直注視著鄰居家，觀察鄰家動靜。

實際上，忍勝也曾親眼目睹過這一幕。

那時，忍勝心裡感到一陣涼。

爲什麼這隻狗會這麼做？確實，人與人之間也有所謂投不投緣，每個人或許都有無論如何也看不順眼的對象。人與狗之間可能也是吧。

然而，從白狗的態度和行爲來看，似乎不僅僅是投不投緣這種理由。

難道有什麼深仇大恨嗎？

如果有的話，那仇恨到底有多深呢？

當然，忍勝曾就此事問過多彌子。

「多彌子啊，那隻狗到底爲什麼會向你吠叫呢？」

「我也不明白。」多彌子答道：「只是，每當我接近牠時，我就會感到很害怕、很害怕，很想逃開。」

多彌子也不太清楚是因爲狗對她吠叫，還或是在狗吠叫之前她就這麼害怕了。

狗是一種敏感的動物，對著明顯畏懼自己的對象大聲吠叫是很常見的事。

但是，多彌子在狗對她吠叫之前，沒有察覺到牠的存在，就此意義來說，那隻狗並非對著明顯害怕自己的對象而大聲吠叫。再說，多彌子之前從未見過那隻白狗，因此，第一次見到狗時，應該說不上害不害怕。

總之，此後，多彌子每次出門都需要有人陪著，盡量避免和白狗單獨相遇。

二

夏天——

雨季結束之時。

一位名爲蘆屋道滿的陰陽法師來到了此小縣郡。
據說，他未經允許就住進了郡郊一間破廟，人們只要帶上少量的酒和食物前去探訪，他便會爲來人占卜各種事情。
由於占卜準確，廣受好評。
因此，忍勝瞞著鄰居和多彌子，提著盛滿酒的瓶子，獨自去見道滿。
道滿仔細聆聽忍勝所說之事。
「光憑你說的這些，我無法判斷。」
道滿伸手插進蓬亂的長髮中，搔著頭，一邊若有所思地說。
「你能不能帶著那個女童和狗來這裡讓我看看？」
道滿那雙發出黃光的眼眸望向忍勝。
「不能，我沒辦法帶著多彌子和狗一起前來。很可能在抵達此地之前，多彌子就被狗咬死。」
「那麼，單帶那個名叫多彌子的女童過來，怎麼樣？」
「這個嘛……老實說，我今天也是瞞著多彌子來的。我怕對她說出這事，她會愈來愈在意她和狗之間的問題。如果可以的話，我希望能在她不知情的情況下解決。」

「唔……」

道滿歪著頭思索。

「那麼，你能不能在明天這個時候，給我送來那名女童的一根頭髮，以及那狗的一撮毛？」

道滿接著說道：「我很久沒嚐到這麼好喝的酒了，就幫你占卜看看吧。」

忍勝很快就弄到了多彌子的一根頭髮。

那是留在多彌子用過的梳子上的頭髮。

然後，忍勝找了藉口到鄰居家去辦事，回來時摸了一下白狗的頭，並趁機把手伸向狗背，拔下了一撮毛。

忍勝將多彌子的頭髮和狗毛分別用不同的紙包好，塞進懷中，第二天再度前去探訪道滿法師。

道滿不知從何處找來了一個銅鉢，正等著忍勝前來。

他把忍勝送來的多彌子的頭髮和那撮狗毛一起放進鉢裡，接著唸起咒語般的句子。

唸完之後，道滿將右手伸進鉢中，用食指分別觸摸了多彌子的頭髮和

狗毛。

接著——

「啊！」忍勝大聲喊道。

原來是鉢中多彌子的頭髮和狗毛動了起來。

多彌子的頭髮像蛇那般在鉢子中央高高揚起頭部。

狗毛有近十根，每根各自像螞蟻那樣移動，撲向高高揚起頭的多彌子的頭髮。

忍勝毛骨悚然，脖子上的汗毛都豎了起來。

狗毛和多彌子的頭髮相互纏繞、糾結，打了起來。

過了一會，鉢中冒起一團濃煙。

才剛看清楚原來是一團燃燒的青色火焰那瞬間，多彌子的頭髮和狗毛便已經熊熊燒光了。

「這到底是怎麼回事？」

「沒見到那女童和狗，我也不大清楚，眼下只能告訴你一件事。」

「什麼事？」

「絕對不能讓那女童和狗碰在一起。狗是別人家的，你無法可施，但那女童，你還是盡快讓她離開你家，搬到別處吧。」道滿說。

「搬到別處嗎？」

忍勝微微皺起了眉頭，像是心中有所牽掛。

「要這樣做、不這樣做，你自己決定。我不久就要離開這裡了，雖沒能多管這事兒，不過你送酒給我的情分我已了了。」

第二天，道滿就離開了破廟，前往他方。

三

然而——

忍勝沒有把多彌子送到其他地方。

這陣子以來，忍勝早已喜歡上多彌子這孩子，對她寵愛有加。多彌子非常懂事，看到別人沒做完的工作，她會在當事人不知的情況下幫對方完成工作；有時，人家打掃後，多彌子又發現地面有不乾淨的地方，便會默不作聲地收拾起來……諸如此類的事很多，由於多彌子做事非常細心，忍勝內心暗暗認為她是不可多得的人。

「雖然那個陰陽法師那樣說，不過，只要設法不讓多彌子與那隻狗相見，應該就不會出事吧。」

起初聽了道滿的話，忍勝總是提心吊膽，但過了一天，又過了三天，再過了十天之後，忍勝便如此認爲了。

四

然後，時值秋天——

在住進忍勝宅邸後大約過了半年，多彌子生病了。

她發著燒。

滿臉通紅，咳嗽不止，全身無力，無法自由行動。

本以爲只要睡一兩天就能好起來，不料過了三天、四天都不見好轉。

到了第五天，竟然惡化到需要有人扶著才能起身的程度。

鄰居家的狗不知是不是知道多彌子病了，經常在大門附近探看宅邸內的動靜。

多彌子請忍勝來到枕邊。

「大人，我這病不是一兩天就能治好的，如果我就這樣無法自己行動，那隻狗一定遲早會來咬死我。雖然我身邊總是有人陪著，但宅邸裡這麼多事要忙，還得爲我騰出人手，實在太浪費了。我想請求大人，能不能以養病爲由，將我送去其他地方一段日子呢？」

「噢，當然可以，當然可以……」

「請千萬別讓那隻狗知道我的去處。」

「那是當然。」

當天晚上，忍勝就決定讓多彌子搬到其他地方。

「聽說狗的鼻子很靈，如果我們走路去，味道留在地面，狗就會跟過來，我們還是坐車去吧。」

忍勝如此說，吩咐下人準備了牛車，讓多彌子搭上車。

目的地是忍勝的一位熟人的家，距離三里外，附近四面環山。

那位熟人的住居後方有一間空房子，他說可以讓多彌子去住，直至病癒爲止。

於是，多彌子便在忍勝的熟人家後面那間空房子暫時住了下來。

五

白狗似乎很快就察覺到多彌子不見了。

最初，狗經常把鼻子伸進空氣中嗅聞氣味，有時也會低頭在地面東聞西聞，並在忍勝宅邸四周徘徊，第五天早上，鄰居家遣人送來消息。

「狗不見了。」

不僅如此，來人還說：

「無論怎麼找都找不到。」

忍勝聽了之後，焦急萬分，因爲昨天他剛得到家僕的通報。

「隔壁那隻白狗從我們家大門進來，到處嗅來嗅去。特別對繫在一角的那頭牛感興趣，一直聞著牛腳的味道……」

從那以後，忍勝就一直很掛意這件事。

而此刻，狗不見了。能想到的理由並不多。

牠是去追蹤多彌子了嗎？

那隻狗一定很快就察覺到多彌子不見了。但是，地面沒有留下味道。

因此，狗是不是因爲這樣才想到多彌子可能乘著某種交通工具離開了呢？

交通工具的話，就是牛車。

於是，狗才去嗅聞牛的氣味——

但是，狗有能力思索到如此地步嗎？雖說沒有下雨，狗的鼻子即使很靈，但憑幾天前留下的氣味，狗眞的可以追溯得到嗎？

也許可以。

不，可以的吧。

那隻狗本來就不尋常。

忍勝決定立即前往受託照顧多彌子的熟人家。

六

忍勝走了約一半路程，迎面遇上臉色蒼白，快步走來的那位熟人。

「哦，你來得正是時候，我正要去找你呢。」忍勝開口。

「太好了，我也正要去找你。」熟人答。

他的聲音在顫抖。

「怎麼回事？」忍勝問。

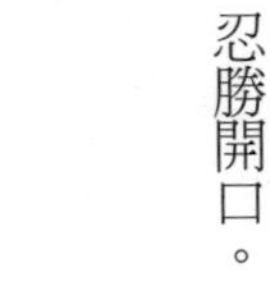

「昨晚發生了一些可怕的事。」

熟人回想起那可怕的事，全身哆哆嗦嗦。

事情是這樣的，熟人說昨晚睡得正熟，聽到一些聲音，便醒了過來。

聽起來像是有人在打架。

聲音傳自屋後的小房子。

像是有東西倒了下來，還有什麼撞在牆上，更有肉體撞擊的聲音。

似乎有人在小房子內打架。

也能聽到野獸的嘶吼，而且東西散落與野獸的嘶吼聲愈來愈激烈。

不久，甚至聽到了人的聲音。

「就是你這傢伙吧？一百二十四年前，在丹波殺死了我的妻子和孩子。」

「難道你就是那時的那個人？」

據說雙方都是男人的聲音。

吼叫聲和爭辯聲愈來愈激烈，最後終於停了。

小房子裡靜了下來。

但是，熟人太害怕了，不敢去探看究竟。

「多彌子，多彌子，你怎麼了？」

到了早晨，熟人在小房子外面喊，卻沒人應答。

可是，熟人實在害怕，不敢往屋裡看。

「無論如何，總要通知你一聲，所以我就趕來了。」

「我們先去你家看看吧。」忍勝說。

來到熟人家，忍勝站在小房子前。

「多彌子，是我啊，我是忍勝。昨晚聽說隔壁的白狗不見了，我很擔心你，就趕過來了。」

忍勝如此說明後，戰戰兢兢走進屋內，這才發現那隻白狗和多彌子都已死在裡面。

看上去像是趴在地面，死咬住對方，直到彼此都斷了氣。

日後，忍勝不時會想起這件事，然後感慨地說，雖然不知道多彌子和白狗在前世到底結下了什麼因緣，但當時如果按照那位名叫蘆屋道滿的陰陽法師說的去做就不會出事了。

土狼

一

第一個被吃掉腳的人，是藤原法之的家僕，名叫侘助的男子。

深秋時節，主人法之命侘助前往六條辦事，因爲法之走訪的女人住在六條。其實也不是什麼大不了的差事。法之原本預計當天晚上前往那女人住處，卻突然腹痛，於是命侘助給那女人送去一封「無法前去」的信箋。事情就發生在侘助辦完事後的歸途。

秋天即將結束——

那晚是月夜，即使沒有燈火，也能順暢行走。

藉著月光，侘助沿著西洞院大路往北前行。

過了五條大路，來到四條大路的十字路口時，侘助感到左腳掌一陣劇痛——他踩到了一顆尖銳的小石子。

「痛！」

侘助叫出聲，不得不止步，暫時在原地等待疼痛消去。

若是平時，侘助即使踩到石頭，也不至於會感到痛。但那塊小石子是由更大的石頭碎裂而成，裂開之處極爲鋒利，而且正好朝上。

雖然時間不長，但侘助還是停下腳步，佇立在原地，直至疼痛消退為止。不久疼痛消去，侘助重新邁步前行，穿過了四條大路。

來到三條大路前，侘助再次停住腳步，不過並非方才踩到小石子的疼痛又發作了。

而是聽到刺耳的野獸咆哮聲。

嗷嗷嗷嗷嗷嗷嗷……

嗚嗷嗚嗷嗚嗷嗚嗷……

是什麼在叫？

那聲音聽起來既像狗又像牛，又好像都不是——話雖如此，若要問那到底是什麼野獸的叫聲，其實侘助也說不出來。

只知道聽來令人毛骨悚然。

彷彿有某物在地底呻吟，並從地下迴盪出來……

然後，就在那時——

侘助突然咕咚一聲仰面朝天，倒在原地。

侘助感覺到某物在黑暗中砰地撞了他的左腳。

是狗嗎？

佗助心裡暗忖。

方才那野獸般的聲音果然是狗發出的，那隻狗在黑暗中衝過來，猛力撞上了他的左腳。於是，自己一個重心不穩摔倒了——佗助起初是這麼以爲的。

那一撞一定相當猛烈吧。佗助感到左腳發麻，沒有知覺。

佗助躺在原地，把手伸向了左腳。

空無一物。

摸不到應在那兒的腳，取而代之的是一股溫熱將手給弄濕了。

佗助把手湊近臉，仔細一看，原來手被某種黑色液體給蘸濕了。佗助花了兩口氣的時間，才明白原來是鮮血。

也就是說，佗助失去了左腳。

從膝下七寸至腳踝前端——

遲來的劇痛陣陣襲來。

此時，佗助方始大喊了起來。

二

五天後，出現了第二個受害者。

一樣是夜晚，上空懸著滿月過了兩天的月亮。

被吃掉腳的，是一個人稱丹波黑牛的盜賊。

也不知丹波黑牛從何處得到消息，知道藤原經之每隔三晚都會去一趟西京女子的住處，因而打算突襲藤原經之。

丹波黑牛握著一把出鞘的利刃，擋在牛車前面。

月光中，丹波黑牛的利刃閃閃發出青光。

「哇！哇！」

牽牛的下人大喊，接著拔腿而逃。

牛車旁另有一名隨從，這名隨從眞了不起，爲了護衛經之，拔刀砍向黑牛。

黑牛用刀接住，再讓刀滑向一側。

「嚇呀！」

黑牛對那隨從砍了一刀。

隨從左肩被劈開，鮮血噴湧而出，潑灑至黑牛的右大腿及腳背。

之後，隨從不再動彈。

黑牛拉下坐在車內的經之，剝掉經之身上的衣服，並搶走隨從的利刃，然後逃走。

黑牛在三條大路往東奔去，跑至西洞院大路，再右拐，就在即將抵達四條大路時停住了腳步。

因爲他和佗助一樣，聽到了野獸像是咆哮又像哀嚎的聲音。只是，黑牛不知道那聲音到底發自何種野獸之口。這點也和佗助那時一樣。

之後，黑牛突然絆到了某物，往前摔倒在地面。原來黑牛往前邁出腳步的右腳突然消失，導致他整個人摔倒在地面。

剛好是黑牛欲尋找那奇妙聲音的來源而四處張望之時。

摔倒的瞬間，還未抵達地面，黑牛便已經大喊了出來。

「哎喲喲！」

儘管如此，他還是爬起身，躲在附近的祠堂裡，設法止住了血，但第二天早上，仍因失血過多，漸漸無法動彈。

接到藤原經之的通報後，官員一早便開始搜索那一帶，最後在祠堂找

到黑牛。

黑牛告訴官員他遇上什麼事之後便嚥下最後一口氣。

佗助的左腳和黑牛的右腳橫截面，都留有獸齒般的痕跡；消失的腳都沒有遺落在任何地方，因此人們認爲可能是被那未知的野獸給吃掉了。

三

「嗯，聽說那事是兩天前發生的。」

晴明對博雅如此說。

晴明所說的「那事」，指的是丹波黑牛死去那時。

「哎呀，聽來實在是太可怕了。」

博雅將盛滿酒的酒杯停在半空，低聲說道。

「確實。」晴明點頭。

自上午，晴明就和博雅一起喝著酒。

此處是晴明宅邸的窄廊。

正午的陽光中，散發著菊花香。

處處可見的秋草草叢中，已不見會鳴叫的蟲子。

「話說回來，晴明啊，你爲什麼要跟我說這些事呢？」

「我有些想法。」

「想法？」

「受到某人委託，有項工作我非得去做，而我總覺得，那項工作和剛才我對你說的那兩起事件可能很有關係。」

「什麼工作？」

「博雅，你聽說過平廣盛大人的事嗎？」

「說到平廣盛大人，大概是半年前吧，某天晚上，他已就寢，卻發現有個盜賊溜進了屋中，於是起身砍死了那個盜賊，之後也沒有喚醒屋內其他人，自己又回去睡了。第二天早上，家僕發現了盜賊的屍體，大吃一驚。你說的，便是這位平廣盛大人嗎？」

「正是。」

「那位平廣盛大人出了什麼事嗎？」

「嗯，博雅，你聽我說，事情是這樣的……」

晴明這麼開了頭，講述起以下的內容。

四

廣盛把他砍死的盜賊埋在自家院子。

家僕們自然是不希望如此。

「沒什麼好在意的。就算要扔到別處，也必須將屍體抬過去，而且這對住在該處的人來說也很不好吧。院子裡有一棵松樹，將屍體埋在它的根下，也能使那松樹長得更茂盛。」

廣盛性格開朗，不拘小節，才會如此覺得。

但是，家僕都感到很不安。

總覺得心裡有些發毛。

「日後會不會化爲陰魂來降災作祟呢？」

「不用擔心，要是化爲陰魂，也會來找我；要降災作祟，對象也是我。如果化爲陰魂，那我就再砍死他一次。」

既然主人廣盛都這麼說了，家僕們也只能俯首聽命。

盜賊的屍體便如此被埋在松樹底下。

那之後有一段日子都沒有發生任何事。然而，過了三個月左右，廣盛變得十分易怒。

即使是一丁點小事，也會發火，甚至毆打下人。

同時，到了晚上，大家都會聽到一陣不知傳自何處，像是野獸哀嚎的聲音。

嗷嗷嗷嗷嗷嗷……

嗚嗷嗚嗷嗚嗷嗚……

雖能聽到聲音，但不見其蹤影。

有時聽起來像從天而降，有時卻又像從地底傳出，有時以爲從西邊傳來，順著聲音尋去後，竟又變成從東邊傳來。

有時，也會像是從宅邸的地板下傳出。

那聲音像是在訴說著什麼事，又像是在發怒，也像是咆哮某種怨恨，更像是在哭泣，或者，全部都是。

「是不是那盜賊在地底作祟。」有人如此說。

正當衆人都感到毛骨悚然時，事情發生了。

一名侍女在準備早餐時，手一誤，將熱開水潑到廣盛身上。

廣盛大怒，旋即砍死了這名侍女。

「將她埋在那棵松樹下。」

廣盛命下人在那棵埋了盜賊屍體的松樹下，另外挖了一個坑。之後遣人前去侍女的老家，向侍女的父母報告說：

「她染上瘟疫死去了。」

僅一句話而已，便草草結束了此事。

將侍女埋在松樹下後，那野獸的聲音消失了一陣子，但最近又再度傳出。距離砍死侍女那時，大約過了三個月。

然後——

廣盛比以前更加暴躁，更加喜怒無常。

結果，就在昨天，廣盛又因爲樹葉掉落在院子這點事大怒，拔出利刃，欲砍殺負責打掃院子的那名下人。廣盛的父親平正之看不下去，出手制止了廣盛。

廣盛雖然正處於盛怒之中，但正之可是在「將門之亂」[1]時，爲壓制暴動親自前往東國，立下大功的猛將。

正之爲了不讓廣盛繼續鬧下去，將他綁在宅邸的柱子上。

「父親大人，您別以爲這樣就沒事了！

1 九四〇年，桓武天皇後裔平將門，於下總國舉兵謀反，自稱新皇的亂事。下總國的領域主要為現在的千葉縣北部、茨城縣西部。

「我要殺光這個家裡的所有人，再全部埋掉……」

據說廣盛一直如此大喊大叫。

即使廣盛的脾氣本來就有些暴躁，但這情況實在是太不尋常了。

五

「因此，今天早上，平正之大人遣人來我這兒，託我設法解決此事。」晴明說。

「想必，正之大人胸中也不平靜吧。他應該萬萬沒想到，親生兒子竟然會變成這個樣子。」

博雅將空酒杯擱在窄廊，嘆了一口氣。

「那麼，你打算去嗎？」博雅問晴明。

「嗯，去。」

「什麼時候動身？」

「明天。」

「明天？不今天去嗎？」

「我有一些盤算，得於事前做些準備。」

「準備？」

「大概明天就能完成。」

「等等，晴明，那不就是意味著你已經知道這件事的眞相嗎？」

「多少吧。」

「此話怎說？」

「我不是一開始就說了嗎？就是那兩個人被咬掉腳都是發生在西洞院大路上、廣盛大人宅邸前的事。」

「什麼⁈」

「嗯，反正到了明天，一切都會眞相大白。」晴明說。

「唔，嗯。」

「怎麼樣？去不去？博雅。」

「去、去哪裡？」

「去廣盛大人宅邸呀。」

「唔。」

「去嗎？」

「唔，嗯。」

「那麼，明天動身吧。」

「走。」

「走。」

事情就這麼決定了。

六

抵達位於西洞院大路的平廣盛宅邸之後，晴明首先便要人去挖掘松樹樹根，結果挖出了兩具骸骨。

其中一具是半年前掩埋的那盜賊的骸骨，另一具是三個月前掩埋的侍女的骸骨。

令人想不通的是，這兩具骸骨都已乾乾淨淨地化爲白骨，沒有剩下任何肉和內臟。半年前掩埋的盜賊的骸骨或許還合理，但三個月前埋葬的侍女的屍身上所有肉都返回大地，似乎爲時尚早。

奇怪的是，掩埋屍體時，屍體身上的衣服完好無損，但此時裹著骸骨

的衣服卻像是被撕裂了般破爛不堪。

此外，兩具骸骨上全殘留著野獸的齒痕。

怎麼看都不像是狗挖出屍體，吃掉了肉啃了骨頭再埋回去。話又說回來，就算是人爲的，留下的齒痕也不是人的。再說，究竟有何理由會讓人做出這種事呢？

倘若眞是有人如此做，那麼最可疑的便是廣盛。可是，廣盛實在不可能做出這樣的事。

正當衆人都百思不解，唯獨晴明點頭開口道：

「我明白了，原來如此。」

晴明似乎想通了某事。

「喂，晴明，什麼原來如此？如果你知道了什麼，倒是告訴我們啊。」博雅說。

「晴明大人，不管以何種方式，我兒子廣盛都與此次的事件有關，是吧？」

正之如此詢問時，家僕來向正之報告：

「方才有人通知，說剛剛收到了不明之物……」

「不明之物？」正之問。

「如果送來的人是獵人雙弓獅子麻呂的話，那就是我託他送來的。」

晴明說。

「什麼東西？」博雅問道。

「昨天我不是跟您提過『明天就可以準備好』，現在就是已經準備好了的意思。」

所謂的不明之物，看來是剛射下的野豬。

野豬是放在馬背上運來的。

身上有兩處致命的箭傷，一處在胸部，一處在頸部。

雙弓獅子麻呂的「雙弓」指的是在弓上同時搭上兩支箭一次射出，兩支箭同時射中目標，這是人們給獅子麻呂取的綽號。

「晴明大人，如您吩咐，我運來了剛射到的野豬。雖然您說鹿也好，野豬也行，總之我先遇上的是這頭野豬……」

獅子麻呂又說他是牽著載著野豬的馬前來。

「您看，您吩咐的籠子我也編好了。就這麼大，可以吧？」

獅子麻呂背上揹著一個足夠容納一名成人的大籠子。

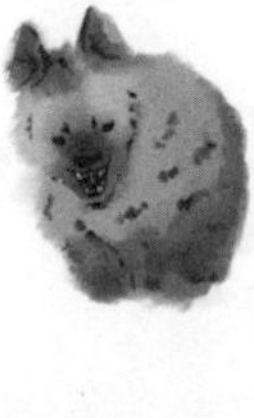

「大小正合適。」晴明點頭。

七

獅子麻呂負責準備工作。

他在那棵松樹選了一根特別粗壯的樹枝，以繩子將野豬倒吊著綁在樹枝上。

「好了，一切準備就緒，接下來我們只能等了。」

晴明說此話時，已經是傍晚時分，四周漸漸變得昏暗。

「正好太陽也下山了，時間剛好。」

「喂，晴明，你說時間剛好，到底是什麼意思？」博雅問。

「很快就會知道了。」

晴明沒有回答博雅的提問，只是微笑著。

篝火點燃了。

在那盞火焰的亮光中，可以看到倒吊在松樹樹枝上的野豬。

野豬鼻尖滴滴答答滴著鮮血，落在距離六尺的地面。

四周一片漆黑，天上閃爍著星光。

黑暗中飄蕩著菊花香。

「應該快來了。」晴明低語。

「什麼快來了？」

正當博雅如此問時，

嗷嗷嗷嗷嗷嗷嗷嗷嗷嗷……

嗚嗷嗚嗷嗚嗷嗚嗷嗚嗷……

不知從何處傳來了野獸的聲音。

聽不出到底傳自哪個方向。

既不是右邊，也不是左邊，不是對面，也不是腳下。

只知道在黑暗中某處，傳出了某物正在往上頂的聲音。

嗷嗷嗷嗷嗷嗷嗷嗷嗡……

嗚嗷嗷嗷嗷嗷嗷嗷嗡……

那聲音漸漸增大，逐漸挨近。

但是，到底從哪個方向逐漸挨近的呢？

「晴、晴明。」

「博雅，來了。」

晴明凝視著庭院一處。

是自野豬鼻尖淌下的鮮血落在地面的那一處。

那地方在火光中形成了黑紅色斑點。

「籠子準備。」晴明說。

「是。」

獅子麻呂抱著籠子，站到倒吊著的野豬一旁。

平正之和下人們都盯視著晴明以及晴明凝視著的地面，想知道到底會發生什麼事。

「喂，晴明，到底會發生什麼事？」博雅問。

「來了。」

正當晴明如此說時——

被鮮血浸濕的地面動了一下。

接著，那物體從地面出現了。

是一張嘴巴。

野獸的嘴巴。

並排的鋒利牙齒和獠牙。
以及，紅色的舌頭。
鼻子。
那物體從沾滿鮮血的地面冒了出來，接著伸長了。
往上冒出般地撐起地面。
然後，自地面跳了出來，一口咬住野豬頭。
咬住後，就那樣掛在野豬上。
是一頭有如大型犬般的野獸。
身上長著長長的黑色獸毛。
令人毛骨悚然的是，那隻野獸沒有四肢，也沒有尾巴。
沒有耳朵，也沒有眼睛。
只有一張嘴巴和一個鼻子。
那傢伙咬住野豬頭，就地吃起來。
嘖嘖！
嘖嘖！
四周響起野獸吃肉的聲音。

咂咂！

唧唧！

接著是咬碎骨頭的聲音。

多令人心驚肉跳的一幕。

四周觀看的人都不由自主地往後退，只有獅子麻呂跨步上前。

獅子麻呂將手中的籠子擱在那頭野獸底下，再自腰間拔出山刀，喀嚓一聲砍斷了吊著野豬的繩子。

那頭野獸和野豬一起掉進了籠子裡。

頓時發出沉重的聲音。

那頭野獸掉進籠子後，居然還在繼續吃著野豬。

「這、這是⁈」平正之尖聲問道。

「是土狼。」晴明說：「就是牠附身在廣盛大人身上，不但讓廣盛大人殺了人，還讓廣盛大人掩埋了屍體，作爲牠的祭品……」

八

「所謂土狼，是土精靈，一種陰態之物。」

第二天中午，晴明在位於土御門大路的宅邸的窄廊上如此說。

昨晚很晚才回來，睡了一覺，用過遲來的早餐後，此刻，兩人正放鬆地閒談。

雖然蜜蟲坐在兩人身邊，但沒有備酒。對兩人來說，在這種沒有酒作伴的情況下聊天，實在很難得。

庭院裡的楓樹已經轉紅，紅葉在菊花香融化的空氣中，一片又一片地飄落。

「土精本是無形、無心之物，但根據情況，有的會變成土龜，有的會變成土蟾蜍，有時就像這次這樣，因人介入而變成土狼。」

「人？你是指平廣盛大人嗎？」

「嗯，沒錯。所謂土精，按理說，即便長出類似心靈的情感，也頂多是一種聚集在蟲子屍體上的微小存在。那土狼應該就是這類存在，起初聚集在泥土中的貓還是狗或是其他動物的屍骸上，然後逐漸增多，逐漸聚集

一起，最後形成一團的。不料，大約半年前，偶然吃到了廣盛大人掩埋的盜賊屍體，結果就變成那樣的東西吧。」

「你說的『那樣的東西』，是指那隻土狼的意思嗎？」

「是的。長成那麼大，蟲子已經塡不飽肚子，終日餓得受不了，因而附在廣盛大人身上，讓廣盛大人去殺人，再將屍體掩埋在那裡。」

「嗯，這個我已經明白了。但是晴明，你是什麼時候發現眞相的？」

「侘助和丹波黑牛不都是在西洞院大路被啃去了腳嗎？所以，我認爲很可能是土狼。侘助是赤著腳，腳上受了傷；而丹波黑牛，雖是別人的血，但腳上也沾滿了血。正是那些鮮血將飢餓的土狼引誘過來，繼而吃掉了他們的腳。」

「原來如此。」

博雅點頭，接著低聲說道：

「不過，廣盛大人畢竟殺了一個人，即便對象是盜賊……」

「嗯。」

「今後會怎麼演變呢？」

那之後，關在籠子裡的土狼被丟進篝火燒掉了。

因此，平廣盛雖然恢復正常，但正如博雅所說，還有一些沒有解決的問題。

「那是平正之大人該處理，已經不是我們該考慮的問題了。只能交給正之大人去解決吧。」晴明說。

「有道理。」

「要喝酒嗎？博雅。」

「嗯。」

「大概不過十天，就要下雪了。在漫長的冬天到來之前，欣賞著眼前這楓葉，聽著你的笛音喝一杯……應該不錯吧。」

說畢，晴明呼出的一口氣，倏地變白了。

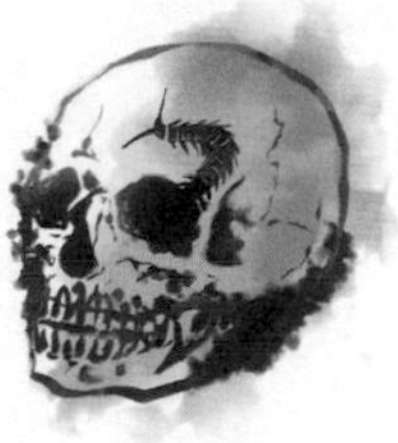

墓穴

一

安倍晴明位於土御門大路的宅邸——

桃花期已經結束，而櫻花尚未來。

不過，庭院四處的泥地裡，已經稀稀疏疏地冒出令人感動得想掉淚的嫩綠。雖然這些嫩綠還要等一段日子才能有如潮湧般形成一片濃綠，但新生的嫩綠散發著生命氣息，無論看多久都不會膩。

繁縷的綠，已經很深了。

寶蓋草和婆婆納，正在盛開。

野萱草[1]的葉子還很柔軟，銀線草[2]的白花也零散可見——

眼下正是最適合「早春」這個詞的時節。

晴明和博雅坐在窄廊，身邊擱著火盆，邊望著院子，喝著酒。

下酒菜是烤小魚。

將在琵琶湖捕獲的暗色頜鬚鮈[3]以竹籤串著，再就著火盆中的火炭烤來吃。

烤魚的香氣逐漸化入帶點溫熱的微風中。

---

1 學名：Hemerocallis fulva var. longituba，日文：野萱草（のかんぞう）、紅萱草（ベニカンゾウ），中文：野萱草。多年生草本，七、八月開橙黃色筒狀花，類似百合。

2 學名：Chloranthus japonicus，日文：一人静（ヒトリシズカ），中文：銀線草。多年生草本，四、五月開牙刷狀的小白花，多群生於山谷樹林內。

由於花時間慢慢烤得很熟，因此整條魚從頭到尾都可以吃。

博雅抓著魚尾，從竹籤上拔出烤魚，自頭部咬起。

「噢，這條有卵。」

博雅咬下的烤魚腹部斷面，露出黃色魚卵。魚身在口中鬆散開來，愈嚼愈顯出淡淡的甜味。

「說到暗色頜鬚鮈，我不知吃過多少次，但這次特別美味……」

「因為這是在近江[4]篠原捕獲的。」

剛喝完杯中酒的晴明，掀著紅潤嘴脣說。

暗色頜鬚鮈是在琵琶湖捕獲的小型魚。

一到春天，暗色頜鬚鮈為了在淺灘蘆葦叢中產卵，會聚集到岸邊。

篠原一帶的居民便用魚網將其捕抓來吃。

「鸕鶿捕魚匠千手忠輔認識一名住在篠原的漁夫，名為鯉麻呂，每年到了這個時節，千手忠輔都會分到一些暗色頜鬚鮈。這些魚算是託他的福得到的。」

晴明所說的千手忠輔，是過去因黑川主那事件中，曾受晴明幫忙的鸕鶿捕魚匠。

3 學名：Gnathopogon caerulescens，日文：本諸子／ホンモロコ，淡水魚，日本滋賀縣琵琶湖中的暗色頜鬚鮈，在日本是高級食材之一，通常只能在京都市內的料亭吃到，尤以冬天捕獲的帶卵的暗色頜鬚鮈最有名。

4 滋賀縣。

「原來如此。」博雅點頭。

「因此，我明天得出門一趟。」

「去哪裡？」

「就是那位住在篠原的鯉麻呂那裡。」

「去做什麼？」

「聽說篠原那兒發生了怪事，所以鯉麻呂透過忠輔，拜託我去幫個忙。」

「幫什麼忙？」

「老實說，到底要去幫什麼忙，我也不太清楚。」

「什麼?!」

「不過，所謂的怪事我倒是知道一些。」

「怎麼知道的？」

「鯉麻呂派來送魚的下人已大致將事情告訴我了。」

「所以是發生什麼事？」

「你聽我說，博雅，事情是這樣的……」

於是，晴明講述起以下內容。

二

有個男子名叫美濃清代。

他出身自美濃國[5]，來到京城已十餘年，一直在某貴族宅邸工作，是個低階的下人。

過去十年來，他一次都沒回過家鄉，近日偶然在京城遇見從美濃國進城的熟人，這才聽說在家鄉的母親病得很重，就連能不能活到第二天都很難說，說不定早已不在這個人世。美濃清代聽了後，想回老家一趟。

他向主人說明了理由，決定告假返鄉。

從京城出發，經過粟田口[6]，穿過逢坂山[7]，經過大津，走過瀨田川大橋後，太陽便已西斜。

走到近江國[8]篠原那一帶時，太陽已經下山，四周變得昏暗。方才還在右手邊的三上山[9]，因雲層密布，已看不見了。

左手邊的湖面本來還發出混濁的灰色光芒，此時湖面的微光也漸漸消失。

雨下了起來。

---

5 岐阜縣。

6 平安京七大出入口之一，橫跨京都市東山區與左京區。

7 位於滋賀縣大津市西部的山，標高三二五公尺。

8 滋賀縣。

9 位於滋賀縣野洲市的山，標高四三二公尺。因形狀類似富士山，別名近江富士。

雨絲像細針般尖細，而且冰冷。

時值早春。

太陽落入山後，氣溫快速降低。

原本打算晚上露宿野外，事前完全沒有想到會下雨。

此處是悄無人煙的荒野。

四周尋不著可以借宿的人家，正不知如何是好時，美濃清代發現了一座墓穴。

看上去像是住著妖鬼也不奇怪，非常恐怖，可是美濃清代再也無法忍受野外的嚴寒和冷雨，決定今晚在這裡過一夜而走進墓穴。

因爲在墓穴入口處外面的風會吹進來，於是他再往裡走，裡面出乎意料地寬敞。

入口附近還有點昏暗亮光，裡面則是漆黑一片。

地面似乎鋪著乾枯的樹枝，美濃清代不假思索地坐了下來，把頭靠在土牆上，很快就睡著了。

美濃清代正睡得迷迷糊糊之際，聽到有動靜，便醒了過來。

好像有人走進了這座墓穴。

在這樣的夜晚應該沒有人會進墓穴，想必是妖鬼之類，於是美濃清代屏住呼吸，不出一聲，蜷縮著身子，讓自己在黑暗中縮小成一團。

那動靜逐漸往裡邊挨近。

——啊，難道我最後會在這樣的墓穴中被妖鬼吃掉而送命嗎？多希望能看到母親一眼才死啊。

美濃清代如此想著時，挨近的動靜在眼前停了下來。

咚一聲。

傳來有人放下某物的聲音，接著有人坐了下來。

是人嗎?!

美濃清代如此暗忖。

是旅人嗎？

可能跟自己一樣正前往某地，途中天黑又逢下雨，爲了避雨而逃進這座墓穴裡吧。

可是，就算這樣想，也毫無證據可以確定對方不是妖鬼啊。

即便是人，若是盜賊之類的，那麼可能會奪走我身上帶的財物，甚至狀況更糟的，我也可能會在此喪命。

無論如何，都得屏住呼吸，隱藏住自己。

後來進來的那個傢伙，在黑暗中不知做什麼，只能聽見唏唏嗦嗦的聲音。

過一會兒，黑暗中傳來聲響。

嘎吱。

嘎吱。

似乎是在吃著什麼的聲音。

可能是肚子餓了，正吃著帶來的食物吧。

清代突然感到肚子好餓。

剛才太累就迷迷糊糊睡著了，現在才想起自己一直都還沒進食呢。

袋子裡裝著兩大球的乾飯，可是現在吃的話，很可能會讓黑暗中的對方察知自己的存在。即使對方是人而非妖鬼，事到如今才開口搭話也有點說不過去。

該怎麼辦呢——

清代如此想著想著，嘴裡不由得積滿了口水，將口水嚥下時，喉嚨發出了聲響。

接著，連肚子裡的蟲子也咕嚕咕嚕叫了起來。

對方停止了吃東西的動作。

對方察覺到自己的存在了。

清代聽得出對方在黑暗中凝神觀察著這邊的動靜。

雖然對方屏住了呼吸，但連屏住呼吸的氣息也傳了過來。

清代終於忍無可忍。

「喂！」

清代剛一開口，四周即響起激烈叫聲。

「哎喲喲喲喲喲喲喲！」

對方邊喊邊從墓穴中跑了出去，不知去向。

大吃一驚的不只對方，清代也一樣。

由於對方先發出尖叫，清代錯過了大叫的時機，但也嚇得差點就要癱軟倒地了。

清代在黑暗中氣喘吁吁，調整呼吸，過一會兒，呼吸逐漸順暢，也恢復了平靜，終於有辦法可以思考方才發生的事。

在黑暗中吃著東西的那個傢伙，一定誤以爲清代是住在這座墓穴中的妖鬼或神祇，所以才嚇一跳，跑掉了吧。

此時清代才意識到，逃掉的那人可能在原地留下吃剩的東西，再不然就是留下一些值錢物品。

如果是重要物品，對方遲早會回來取走，只是無論如何，總得等天亮才會來吧，夜還黑著的時候絕對不會返回。

既然如此，我只要明天一早離開這裡，那麼對方留下的一切都可以據爲己有了。

清代暗中叫好，心想，等天亮後，再來確認對方到底留下了什麼。現在先找吃的要緊，其他事待天亮後再說。

於是，清代在黑暗中往前爬，逐漸挨近剛才那人坐著的那一帶。

是不是這附近呢——

清代四處亂摸，指尖觸到了某物。

看來是剛才逃跑的傢伙在黑暗中吃剩的東西。

清代將那某物塞進口中。

吃起來像是肉塊。

雖然沒有煮熟，但並不那麼難下嚥。不，若真要說，應該算是好吃的。

於是清代又摸了摸四周，發現大約還有四塊，便都吃光了。肚子塡飽後便開始犯睏。

待清代醒來時，天已經亮了。

清代藉著從墓穴入口射進來的亮光，環視了四周，發現地面擱著某物。

仔細一看，那是一條人的胳膊。

由於亮光也照進了墓穴深處，清代確認了一下，發現裡邊有好幾具人的骸骨堆疊在一起。

昨天晚上清代以爲是枯枝的，原來是人的骨頭；而昨天晚上吃下的，正是眼前這條人的胳膊上的肉。

清代好不容易才理解，尖叫聲是從自己的嘴裡發出的。

清代在原地咳、咳地吐了起來。

一邊嘔吐又不住地尖叫著。

三

「據說，清代早上在篠原村外失神遊蕩，碰巧給清晨捕魚回來的鯉麻呂遇上。」

晴明對博雅說。

鯉麻呂發現清代，叫住了他。

「這位旅人，您……」

被喚住的清代看了一眼鯉麻呂，頓時癱倒在地。

「喂，您怎麼了？」

鯉麻呂將倒地不起的清代揹回家，讓他躺在床上。

清代不停說著囈語，一直昏迷不醒。

「那是妖鬼，我差點被妖鬼吃掉了。」

「我也吃了。」

「吃了人肉。」

「我叫清代。」

「啊，好難受。」

仔細聽著這些囈語，並連接起來。

「那個叫清代的人，遭遇了剛才說的那些事。」晴明說。

鯉麻呂摸了清代的額頭，發現他在發燒。

渾身紅通通的。

清代呼吸急促，看起來是連呼吸都很費力，口中仍擠出這些話：

「頭好疼啊。」

「好想吐。」

由於清代發著燒，鯉麻呂便用冷水浸泡的布巾敷在他的額上，設法退燒，可是始終不見好轉。

「平時，都是鯉麻呂親自送暗色頷鬚鮈到千手忠輔那裡，這次因爲擔心清代，那天就讓別人送去。然後，也向忠輔說明事由，並問忠輔是否認識這方面的名醫……」

「結果忠輔說了你的名字。」博雅說。

「據說如此。然後今天，在你來之前，忠輔和鯉麻呂的兩名男僕一起來到這裡，問我能不能設法解決這個問題。」

「設法解決問題，意思是？」

「如果清代的囈語可信，就意味著村子附近住著一個會吃人肉的妖鬼。要我設法解決，應該就是要我除掉這個妖鬼，並解救清代的一條命吧。」

「原來如此……」

「嗯，所以，我正打算等你來後，我們邊吃烤魚下酒，邊對你說明事由，之後便可以動身出門。」

「你要出門嗎？」

「是的。」

「去哪裡？」

「就是去近江篠原呀。」

「現在去？」

「明天早上。我託呑天去找藥草，到傍晚應該也辦成了。明天一早出門的話，過午就可以抵達篠原吧。」

「是嘛。」

「怎樣？博雅，你也去嗎？」

「我、我也……」

「是的。」
「但是……」
「不勉強，怎樣？」
「唔，嗯。」
「怎樣，去不去？」
「嗯。」
「走。」
「走。」
事情就這麼決定了。

四

直至粟田口再過去一些，都用牛車代步。
後來下了車，徒步走到大津，再過瀨田川大橋。
就快抵達篠原時，遇見了來迎接的鯉麻呂，一行人便直接前往那座墓穴。

渡過了野洲河。

在流入琵琶湖的河川中，野洲河是規模最大，也是最洶湧的一條。由於每年夏秋之際都會氾濫，所以附近沒有人家。走了一會兒，來到放眼望去都是蘆葦叢之處，對面右邊有一座小山。

路上彼此都自我介紹過，也大略講述了事情的經過。

「那座墓穴正是在那邊。」

鯉麻呂指著小山說。

「那是座古老墓穴，誠如您所見的，我們這個村子很偏僻，因此自古以來就傳說那裡面住著妖魔鬼怪，一直都沒有人敢接近。」

一行人陸續進去。

起初，大家都彎下身地穿過入口。

裡面正如聽說的那般，變得寬敞起來。

因爲是白天，藉著從入口照進來的陽光，勉強可以看清四周的環境。

一進去，地面擱著一條人的胳膊。

胳膊上只剩一小部分還有肉，大半的肉都已不見了。

肉已經開始腐爛，墓穴裡充滿了難聞的氣味。

再往裡看，可以看見堆積如山的骨頭。

都是沒有一絲肉的枯骨。

細數之下，總計有十二人的骷髏。如果推開這堆，也許還能找到更多的骷髏，但衆人沒有這麼做。因爲每挪開一根骨頭，裡面都會爬出蜈蚣，實在讓人噁心。

「這眞是……」

博雅也皺起了眉頭，用袖子捂著鼻子和嘴。

即使骨頭被扔掉時還留有一點肉，大概也都讓小蟲子或蜈蚣吃掉了。仔細觀察，可以發現骨頭表面有看似傷口的痕跡。

「罷了，這就夠了。」晴明說。

衆人來到墓穴外。

「接下來恐怕好幾天我都會在噩夢中重現此景吧。」

博雅站在明亮的陽光中，吐了一口氣地說。

五

清代躺在鯉麻呂家的床上。

他們用濕布巾敷在清代額上，細心照料著。

清代滿臉通紅。

呼吸已超越了急促的程度，變得愈來愈微弱。

晴明以手掌貼在清代身上幾處，感覺了一下才說：

「這不是被某物附身才病成這樣的。」

晴明接著說：

「倘若我的看法無誤，要請你們停止爲這位大人退燒，立即爲他加溫。」

家僕趕緊拿掉敷在清代額上的布巾，在清代身上蓋了數件衣物。

在一旁的晴明自懷中掏出一個紙包。

打開一看，裡面有數種野草和葉子。

「這是我讓呑天去找來的。現在還是春天，這些藥草非常難找，不過這些量應該足以解決當下的問題吧。」

「那是什麼？」博雅問。

「藥草，接著我要來做藥。」

「藥？」鯉麻呂插嘴問。

「請給我石頭。」晴明說：「兩個就行。一個大的，一個小的，大石頭要是平的……」

如此這般的，晴明下了幾個簡單指示。

不一會兒，有人從院子裡找來了石頭。

按照晴明的指示，一塊是兒童拳頭大小的圓石，另一塊是成人手掌大小的扁石塊。

晴明在平坦的石頭上，放了預先找來的藥草，再用圓石將其搗碎。

搗出來的是黏稠的綠色物質，說不上是液體。每當石頭上積了一定的量，晴明便移至素燒的盤子盛裝。

「這樣應該夠了。」

晴明捏起一撮綠色物質，塞進仰躺著的清代的口中。

「一天三次，早晨、中午和晚上，就像我剛才做的那樣，給這位大人餵食這些藥……」

「知道了，我會照您所說的去做。但是，這是什麼藥呢？」鯉麻呂問。

「如果藥見效，我再告訴你吧，倘若事情如我所推測的那般……我想大致無誤，總之，傍晚之前應該會有結果。」

「明白了。」

「接下來……」

晴明重新望向鯉麻呂。

「近年，這附近有沒有人行蹤不明，或是突然失蹤？」

「近年是指多久？」

「大約五年前，直至現在。」

「這個嘛……」

站在歪著頭的鯉麻呂一旁的博雅，如此問：

「喂，晴明，你是說，那墓穴裡的屍體，是住這附近的人嗎？」

晴明還未回答之前，鯉麻呂搶先回答。

「沒有啊。雖然有人因病去世，有人遠在他鄉沒有回來，但據我所知……」

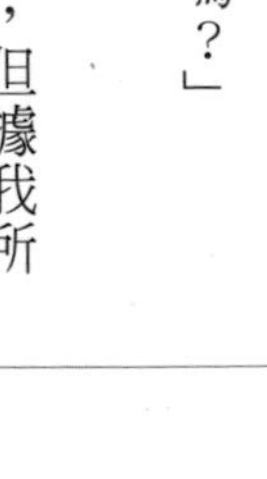

鯉麻呂環視了四周。

在場的當地人也肯定了鯉麻呂的話。

「他說得沒錯……」

「那麼，最近，這附近有沒有人突然變得不太出來見人，或是只有偶爾才會遇到？然而每次遇到總是東摭西掩，想藏住臀部或是腳……」

晴明問在場的衆人。

其中一名男子答道：

「那不就是野洲川的泥鰍婆婆嗎？」

「這麼說來也是。」

「以前，泥鰍婆婆總是將下襬掖進腰際，再進入河裡抓泥鰍，但是最近，泥鰍婆婆總是在屁股上纏著草席進河，連走路時不也是會把草席纏在腰上嗎？」

「噢，對啊。」

四周揚起附和聲。

「那泥鰍婆婆是什麼人？」晴明問。

「她是在野洲川靠捕泥鰍維生的老太婆，大約五年前她丈夫去世了，之後她總是獨自一人去河中用簸箕撈河底的泥土捉泥鰍，除此之外還有蜆、黑腹鱎、小鯽魚、鰻魚等河裡的各種魚貝類，她靠賣那些漁獲，煮熟或者曬乾，只要身體還能動，老婆婆靠自己也可以勉強活下去……」

「她丈夫爲何去世？」

「五年前的夏天，河川氾濫成災，她丈夫被大水沖走了。連屍體都找不到，大概沉在琵琶湖底吧。那之後，老婆婆就只有一人去河裡撈魚了……」

「她住在什麼地方？」

「在野洲川河口那附近，搭著一間小屋住在那裡，其實就算不是夏天，只要連續下雨，那一帶就會被水淹沒。村民好幾次勸她，要她搬到別的地方去，可是她總是說，她喜歡這個住了多年的地方……」

「她有孩子嗎？」

「很遺憾，沒有。」

「你們能帶我去那位老婆婆住的地方嗎？」

「當然可以。」鯉麻呂說。

枯萎的蘆葦叢中，有一處稍微高出來的地面，道路在這條高出來的地面沿伸著。

六

這條路上已經萌發出婆婆納和寶蓋草等春天的野草。

一片蘆葦叢中，可以望見一間孤零零的小屋。

那小屋正對面的琵琶湖水面，閃閃發光。

穿過小屋，再走幾步，便是野洲川。

近前一看，是一間十分簡陋的小屋。

撿來的四根長度相等漂流浮木，每兩根成一組，將浮木前端對前端，用繩子綁住，立於前後兩方，將浮木搭在其上作爲棟樑，然後用多根浮木横向搭在棟樑上，最後上面鋪上茅草，蓋成屋頂，就成了一間小屋。

因此，屋子左右兩邊沒有牆壁。

屋子前後的後方，堆著從河灘撿來的石塊，以此來擋風。若說那是牆，也可以說是一堵牆。

屋子前方也堆放著作爲擋風牆的石塊，在看似出入口的地方，自頂部掛著一張草席。

那座牆儘管用泥巴塞住堆砌石塊的縫隙，恐怕也難以擋住冬天的賊風。

「老婆婆，你在家嗎？」

鯉麻呂在屋外呼喚。

沒有回答。

「是我啊，鯉麻呂啊。」

鯉麻呂站到草席前呼喚，裡面也沒有應聲。

「我進去了。」

鯉麻呂說畢，伸手欲掀開草席。

「別進來……」

聲音傳來。

既低沉又沙啞，與其說是人聲，更像野獸低吼的可怕聲音。

鯉麻呂的手搭著草席，一副不知如何是好的表情望向晴明。

晴明向鯉麻呂點了點頭，示意讓他來處理。

「我是從京城來的，名叫安倍晴明。來此目的，是想問您一些問

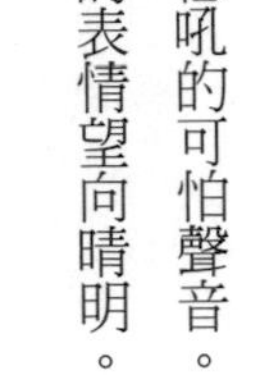

題。」晴明說。
「少囉唆。管你是京城來的誰，都給我滾回去！我不想見人。」
晴明站在原地，自草席近前朝屋內舉起右手感應。
「果然沒錯……」晴明低語。
「什麼意思？」
站在晴明身旁的博雅低聲問。
「我的意思是，在屋內的，是人，也非人。」
「什麼?!」
博雅大吃一驚。
「抱歉，我進去了……」
晴明掀開草席。
「嚎嗚！」
裡面傳出的既非叫聲也非喊聲。
進入屋內。
果然是一間簡陋的小屋。
泥地上，石頭堆出環狀，上面擱著一個缺了口的罐子。在那用石頭堆出的灶裡，火焰緩緩燃燒著，罐子裡煮著不知是何物的湯汁。

旁邊堆著應是從河灘撿來的長短不一的浮木，應該是柴薪吧。

角落擱著一把簸箕，屋內深處鋪著一床厚厚的蘆葦，大概是睡鋪，其上有個白髮女人縮著身子，半蹲著瞪視著進來的人。

她那雙眼睛發出模糊的青光。

臉有如乾魚般皺巴巴，眼睛埋沒在皺紋裡。

身上的衣服破破爛爛，腰間繫著一張草席。

「滾出去，沒什麼好說的。」白髮女人說。

那頭白髮可能都沒用梳子梳理，像碎藻一樣往四面八方伸展。

「請您跟我們談談……」

晴明如此說，往前邁開腳步，然而，在那瞬間……

「啊！」

晴明大叫了一聲，又收回邁出的左腳。

「不要踩那裡、不要踩。」

白髮女——泥鰍婆婆說。

「這是……」

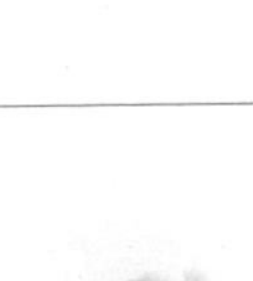

晴明望著收回來的左腳，接著，再望向左腳剛踩過的爐灶前的泥地。

「哇！哇！」

泥鰍婆婆跳了起來，向晴明撲了過來。

跳起來的瞬間，泥鰍婆婆繫在腰間的草席掉落，露出臀部。

晴明雖然躲開了，泥鰍婆婆卻撞上站在晴明身後的博雅。

博雅身上的衣服，左側的領子，劈哩一聲地裂開了。

是被泥鰍婆婆右手的指甲給割裂。

「什麼?!」

這時，博雅之所以叫出聲，是有原因的。

因為，博雅看見草席掉落後，泥鰍婆婆露出的臀部後面有兩根看上去像是角的東西。

呈黃色，而且像上過油似的油油亮亮。

沙沙！

沙沙！

自臀部冒出的那雙看似角的東西發出聲音，動了起來。

泥鰍婆婆往前彎著身子，雙手貼在泥地，弓起背，高高抬起臀部。

「博雅，小心別被那臀部上的獠牙咬到，不然你就沒命了。」

晴明將左手伸進懷中，從懷中取出不知寫著什麼的咒符。

他合攏右手食指和中指，舔了一下，讓唾液濡濕手指，然後將其塗在咒符上。

此時——

「嘶！」

泥鰍婆婆將臀部抬得更高，試圖撲向博雅。

在此之前，晴明介入兩人之間，將左手上的咒符用力地拍擊在泥鰍婆婆的額上。

泥鰍婆婆停止了動作。

「嘸嗚……嗯哼……」

「嗯哼……嘸嗚……」

泥鰍婆婆嘴脣扭屈地呻吟著。

她想動卻動不了。

喀喀！

嚓嚓！

泥鰍婆婆氣得咬牙切齒，可是身體無法動彈。

「好了，泥鰍婆婆，麻煩您說明一下，到底發生了什麼事吧。」

聽晴明如此問，泥鰍婆婆依舊呻吟不已。

「嘸嗚……嘸嗚嗚嗚……」

「嗯嘸……嘸嗯嗯嗯……」

博雅和鯉麻呂此刻只能來回看著晴明和怪模怪樣的泥鰍婆婆，不知所措。

晴明凝視著泥鰍婆婆一會兒。

「看來，您體內有什麼東西妨礙著您，不讓您說話吧。」

晴明說畢，將右手食指尖貼在下唇，口中低聲喃喃唸起某種咒語。

突然——

「嗚嗚……」

「嘸嘸……」

泥鰍婆婆嗚嗚呻吟，頭部輕輕地左右扭轉。

「喂，喂，晴明！」

博雅叫出聲也是有原因的。

貼在泥鰍婆婆額上的咒符下出現了某物，將咒符舉了起來。

晴明提高聲音繼續唸著咒語，結果那東西突破了咒符，從額頭長了出來。

看上去像是一根四寸長的角——

那根角，和自泥鰍婆婆的臀部長出的獠牙，形狀說相似也確實相似，只是顏色與泥鰍婆婆的臀部的獠牙不同。泥鰍婆婆的臀部的獠牙是黃色的，但從額頭長出來的這根角是紅色的。

「原來是這東西進到您的身體裡。」

晴明一把抓住咒符和那根角，使勁從泥鰍婆婆的額上拔了出來。

「嗚……」

泥鰍婆婆呻吟著撲倒在地面。

高高抬起的臀部也降了下來，那根從臀部長出的獠牙也無聲無息地自臀部脫落。

泥鰍婆婆抬起上身，蹲坐在地面，仰望著晴明一行人。

「好了，現在終於可以開口說話了吧……」

聽晴明如此說，泥鰍婆婆的雙眼撲簌簌地冒出大顆淚珠，接著，她雙手捂著臉，哇地放聲哭了起來。

噢——

噢——

泥鰍婆婆大聲哭著。

「啊，天哪，我怎麼、我怎麼會做出這麼荒唐的事啊！」

泥鰍婆婆啜泣著，從雙手中溢出聲音。

「能不能告訴我，到底發生了什麼事呢？」

聽晴明如此說，泥鰍婆婆用力點了點頭。

「說起來，正好是距今五年前的事了，自從發生那件事以後，我就變成這模樣。」

泥鰍婆婆如此說。

「那件事？」

「五年前，我用這隻手，殺死了我丈夫諸魚爺……」

泥鰍婆婆說著，又捂住了臉，放聲大哭起來。

七

五年前的夏天——

諸魚爺和泥鰍婆婆在河裡撈蜆仔。

他們一起進到河中用簸箕撈蜆仔。兩人合力可以捕獲些泥鰍、小鯽魚等。

撈到蜆仔，就放在諸魚爺腰上的魚籠裡，小魚則放在泥鰍婆婆腰際的魚籠裡。

風雨正步步逼近，河裡的水位比平時增高許多。

上游似乎已下起了大雨。如果來的眞是一場暴風雨，河水將會氾濫，有段日子都無法來到河裡。因此，兩人打算趁現在多少再撈一點，要把能撈到的魚貝類都撈起來。

水位一直上漲，正當兩人打算上岸時，

「好痛！」諸魚爺大喊。

「怎麼了？」泥鰍婆婆問。

「好像有什麼東西扎到了腳。」

兩人上了岸。

諸魚爺坐在岸邊的草地上，抬腳一看，發現左腳掌扎著一根四寸長的紅色不明物體。

那物體的尖端扎進了腳掌，拔也拔不掉。

如果硬要拔出，腳掌的肉可能會撕裂，疼痛也更加劇烈。

正當兩人不知如何是好時，那紅色物體宛如活生生的生物鑽進肉中。

「怎麼回事？這東西……」

那物體最終完全鑽進諸魚爺的左腳裡，消失無蹤。

同時，令人難以置信的，疼痛也消失了。

那天晚上，風強雨暴。

隨著風雨加大，鋪在屋頂上的蘆葦也被吹走。

泥鰍婆婆和諸魚爺睡在一起，泥鰍婆婆觸到諸魚爺的身體，發現非常燙。

「嗚唔……」

「嗚嗚……」

諸魚爺在睡夢中痛苦呻吟著。

「怎麼了？」泥鰍婆婆問。

「這身子像是從裡而外燃燒著。」滿頭大汗的諸魚爺說。

藉著在灶裡燃著的火光一看，諸魚爺的雙眼炯炯，發出亮光。

他咬著黃牙，好像在忍受著什麼。

眼睛盯著泥鰍婆婆。

「很痛苦嗎？」

泥鰍婆婆一問，

「不痛苦。」諸魚爺便答：「只是很想吃掉你。」

「什麼?!」

「要說痛苦的話，要忍耐不吃掉你確實很痛苦。」

那嗓音已經不同於平時的諸魚爺了。

泥鰍婆婆感到不對勁，站了起來，諸魚爺也跟著起身。

「拜託你，讓我吃掉你吧。」

站立著的諸魚爺臀部有不明物體沙沙沙地晃來晃去。

原來從諸魚爺的臀部冒出了兩根看似黃色獠牙的物體。

諸魚爺已經化爲某種非人的東西了。

突然——

「快逃！」諸魚爺說。

接著又說：

「快逃，不然我一定會吃掉你的啊。」

沙沙！

沙沙！

但是，就算諸魚爺叫泥鰍婆婆快逃，在這暴風雨中，又該逃到哪裡去呢？

「啊，我好想吃掉你。」

「快逃！」

同一張嘴巴卻說出不同的話。

「我很中意你，想把你吃掉。」

「正因爲我在意你，才希望你能逃走。」

到底哪個聲音才是眞正的諸魚爺呢？

風雨愈來愈猛烈，屋子前面的河，水位已經漲得好高，並且隆隆作響。

接著，諸魚爺的身體打起哆嗦。

然後——

「我受不了了！」

諸魚爺大叫了一聲，猛地跳到泥地，撲向懸掛在房頂上的某物。

那是用來割蘆葦的鐮刀。

「啊呀，我實在餓得很，再這樣下去，我一定會吃掉你的呀。」

諸魚爺說畢，用顫抖的手舉起鐮刀，將刀尖抵在自己的喉嚨。

「啊，拜託你不要！」

泥鰍婆婆知道諸魚爺打算尋死。

「如果我不這麼做，就會把你吃掉。」

諸魚爺望著泥鰍婆婆。

「能和你結爲夫妻，一起攜手到今天，眞的是很快樂。」

諸魚爺微笑地說，接著一口氣割斷了自己的喉嚨。

泥鰍婆婆奔向倒地的諸魚爺，將他抱了起來，可是諸魚爺已經斷了氣。

泥鰍婆婆不知該怎麼辦。

如果什麼都不做，總覺得他很有可能又活過來，再說起「想吃掉你」之類的話。

既然這樣，就把他埋了吧——

泥鰍婆婆如此想。

於是，拿起鐮刀在泥地挖掘、削刮，再將諸魚爺的屍體埋進洞裡。

泥鰍婆婆在諸魚爺身上蓋上泥土，最後只剩下一張臉龐時，泥鰍婆婆心生不忍，伸出雙手撫摸了諸魚爺的臉頰。

不料，手傳來一陣劇痛。

「痛！」

泥鰍婆婆慌忙縮回手，但那根看似紅色獠牙的物體尖端已經鑽進了她的手中。

「哇！」

泥鰍婆婆試圖拔掉那根看似紅色獠牙的物體，卻怎麼也無法拔除。

八

「就是在那個暴風雨的夜晚，我吃了諸魚爺。」

泥鰍婆婆如此說。

「那物體進入體內後，我變得異常饑餓，好想吃人。」

泥鰍婆婆狼吞虎嚥地吃掉了諸魚爺的肉，將剩下的骨頭埋在爐灶前。

泥鰍婆婆又說，即使吃了人肉，仍殘留著人性，實在不忍心看著那吃剩的骨頭。但是在暴風雨的夜晚，又沒辦法到屋外將骨頭埋起，只得埋在屋內。

那時恰逢暴風雨，河水氾濫，於是泥鰍婆婆便向村民們說，諸魚爺讓河水給沖走，死了。

此後，爲了隱藏臀部的獠牙，泥鰍婆婆便在身上纏著草席。

可是，她又非常想吃人肉。

如果吃掉村裡的人，遲早會被揭露。因此，泥鰍婆婆每次遇上單獨旅行的人，就會用臀部的獠牙咬死對方，再吃掉他的肉，然後把骨頭扔進那座墓穴裡。

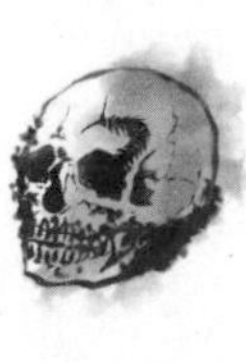

臀部的獠牙不知是不是有毒，一旦咬上了人，那人就會當場斃命。

兩天前的晚上，她又咬死了一個旅人，吃了肉後，前往那座墓穴，打算去丟棄骨頭。但是，進入墓穴，啃著還有些肉的胳膊時，察覺到有動靜，嚇了一跳，就逃了出來。

難道，是眞正的妖鬼出現了嗎——

泥鰍婆婆說她是這麼想的。

如果對方是人，祕密就會被揭穿，她也無法再這麼活下去了。

總之，最初的反應是嚇了一大跳，在沒有確認對方是誰的情況下，便逃了出去。

「這五年來，我殺害並吃掉了十多名旅人，就算我現在知道悔恨，終究無法厚著臉皮活下去。我請求大人，就地處死我吧……」

泥鰍婆婆一邊哭，一邊說。

這時，灶前出現了一條朦朧身影。

是個白髮蒼蒼的老人。

「哎喲，是諸魚爺……」鯉麻呂說。

諸魚爺沒有望向鯉麻呂。

他直直望著泥鰍婆婆。

那眼神極爲悲哀，又極爲溫柔。

「婆呀，婆呀，我已經等了很久了，等著你拔掉那根獠牙角……」

諸魚爺說。

「放心吧，我來帶你一起走。無論是下地獄還是去哪裡，我都會追隨你去，你放心，我們一起走吧……」

泥鰍婆婆哭得稀里嘩啦。

諸魚爺伸出右手指尖，輕觸了一下泥鰍婆婆的額頭。

泥鰍婆婆身子一鬆便癱軟倒地。

趴到地面時，便已斷氣了。

諸魚爺的身影也在瞬間消失無蹤。

最後，四周只有河水聲作響。

九

晴明和博雅喝著酒。

晴明身上穿著寬鬆的白色狩衣[10]。

盤坐在晴明面前喝著酒的博雅則穿了一身黑袍[11]。

兩人在篠原借宿了一夜，回到位於土御門大路的晴明宅邸，此刻，兩人正在喝酒。

午後——

離傍晚還有一些時間。

陽光很溫暖。

在兩人離開篠原之前，清代已康復。據晴明的判斷，再過三天，清代就能正常行動。

「話說回來，晴明啊，你到底是什麼時候知道的？」

博雅停住剛要端到嘴邊的酒杯，開口問道。

「你指什麼？」

「就是清代病倒，其實是中了蜈蚣毒。」

「噢，那件事嗎？」

晴明將空酒杯擱在窄廊接著說。

「呼吸急促、頭疼、頭暈目眩、走路搖搖晃晃，這些不都是中了蜈蚣

---

10 原為獵裝裝束，後來成為旅行、散步、玩蹴鞠遊戲時的穿著。之後又成為貴族公卿的私服，同時也是武家和六位以下的下級官員的正式禮服。袖子在前面的肩膀處不完全縫合，透過袖子可以看見裡面的單衣。

11 日本平安時代四位以上官員的服色，把深紫色一直加深結果形成近乎黑的顏色，故名。

毒的症狀嗎？中了蜈蚣毒，絕對不能讓身體冷卻，必須要加熱，這是自古以來的治法。」

「所以你才讓吞天去尋找對蜈蚣毒有效的藥草？」

「嗯。」

「但是，光靠這些症狀就能推斷出是中了蜈蚣毒的嗎？」

「博雅，你是不是忘了一件事？」

「什麼事？」

「你仔細想想，篠原那地方是什麼樣的環境。」

「就算你這麼說，我也還是不明白。」

「那地方後面有著三上山。」

「三上山？」

「都說出三上山這個地名了，你還想不起來嗎？」

聽晴明這麼說，

「啊！」

博雅叫出聲。

「我想起來了，不就是往昔，藤原秀鄉大人西下東國時曾擊退一條大

蜈蚣，而三上山是那條蜈蚣的棲息之地嗎？」

「想起來了嗎？」

藤原秀鄉[12]——又名俵藤太。

他西下東國時，曾跨過橫躺在勢多大橋上的蟒蛇。

這條蟒蛇是琵琶湖之主，自古以來一直與三上山的蜈蚣搏鬥。

這條蟒蛇對秀鄉說：

「最近，三上山的大蜈蚣大量吞噬琵琶湖的魚，甚至連附近的野鹿、野豬等動物，牠也大吃特吃，導致琵琶湖生態面臨毀滅。」

接著又說：

「明天是大蜈蚣和我最後一次的決戰之日，能不能請大人助我一臂之力？」

於是，秀鄉就加入了蟒蛇這方，助蟒蛇擊退了大蜈蚣。

「決戰之處，正是在那附近。」

「原來如此，原來是這麼回事啊。」

「蜈蚣這種生物，不是用嘴攻擊，是用尾部的毒牙去咬對方。那條大蜈蚣在和秀鄉戰鬥時，被秀鄉那把名爲黃金丸的劍給砍傷了。那根看似獠

---

12 日本平安時代中期的武將，曾在討伐平將門時立下大功。

牙又像角的紅色毒牙便是那時被斬了下來，可能就沉在河口附近的泥土裡吧，碰巧扎進了諸魚爺的腳掌，才會發生後來的事。我之所以認爲吃人肉的不是妖鬼而是人，是因爲我看到殘留在骨頭上的齒痕，那是人的牙齒造成的。此外，我之所以說五年前，是因爲在那座墓穴裡的骨頭中看起來最古老的骨頭，約有五年歲月。」

「聽你這麼一說，眞的就恍然大悟。可是，晴明啊，那時我眞的打心底認爲你這傢伙眞是厲害。」

「那眞是太榮幸了。我會永遠記得，名聞天下的名笛手源博雅曾這樣說過我。」

晴明如此說，一臉開心地微笑著。

握拳少納言

一

坂上彥麻呂，年屆五十。

官職爲少納言[1]。

他在三條大路擁有一座宅邸，在該處生活著。

近來他有些煩惱。

每到夜晚，就會出現一名女子。

這名女子會來啃咬彥麻呂的手。

而且只咬右手。

最初是五天前的晚上。

夜裡——

彥麻呂正睡著，忽然察覺有動靜，醒了過來。

他望向枕邊，發現站著一名身穿白袍的女子。

是右側的枕邊。

女子低頭端詳著彥麻呂。

若要形容容貌，是長得很美的女子，卻令人害怕。

---

1 日本古代官職之一，朝廷最高機關太政官之屬官。主要職責是宣佈詔敕之事務，並管理宣佈詔敕時所需的御璽、太政官印，以及官吏出差時必備的驛鈴等。

她雙眼直盯著彥麻呂。
臉色蒼白。
嘴脣很薄。
彥麻呂想出聲，可是發不出聲音。
想逃，卻動彈不得。
實在令人匪夷所思。
身子明明無法動彈，爲什麼脖子還能往一旁轉動，看見那名女子呢？爲什麼眼皮可以動，並睜開眼呢？
不，說到底，這是一場夢。
沒有轉動脖子，也沒有睜開眼，所以是一場夢。再說，此刻是夜晚，即使睜開眼睛，也應該什麼都看不見。既然可以看到女子，表示這是一場夢。
正當彥麻呂如此思前想後，女子突然蹲下身子，趴在地面，把頭伸進了蓋被裡。
好痛！
彥麻呂發現右手傳來一陣劇痛。

意識到是女子在啃咬他的右手。

因爲手部傳來女子的舌頭和牙齒的觸感。

可是，就算想縮回右手，不但手無法移動，身體也動不了；想大叫喊疼，也叫不出聲來。

只能在心中吶喊著痛啊，痛啊。

喳滋。

喳滋。

喳滋。

女子啃咬著彥麻呂的手指和手掌。

咬了一陣子之後，女子從蓋被裡探出頭來，站起身，俯視著彥麻呂，臉上浮出一種靜謐的，駭人的笑容。

接著，女子的身影消失無蹤。

彥麻呂陷入沉睡，早上會因爲右手疼痛而醒。

彥麻呂在晨光中看到右手不但變得紅腫，還有多處傷痕。

因而想起了昨晚的事。

難道，那不是一場夢？

難道，眞有女子來到床頭，啃咬了我的右手？

不，不。

應該是在睡夢中感覺右手很癢，下意識用左手抓撓了右手，於是做了那樣的夢吧。

感覺很奇妙，但也只能這麼想。

彥麻呂對家裡的人也沒說什麼。

他以爲事情就到此爲止。

然而還沒有結束。

那天晚上以及第二天晚上都發生了同樣的事。如果眞的是夢，就表示做了同樣的夢。

「您右手怎麼腫了，而且傷痕累累……」家裡的人問。

「沒什麼，只是有點發癢，睡覺時抓癢抓得太過頭而已。」

彥麻呂笑著如此答道。

到了第四夜，手都滲出鮮血。這樣過了五夜的翌日早晨，彥麻呂的右手已經無法動彈，有幾處甚至咬得很深，連肉都咬破了。

這時，大家都已經知道了那女子的事。

到底發生了什麼事？

彥麻呂不認得那女子，大家也猜想不著那到底是誰。

今晚是第六夜，不知那女子是不是又會出現；要是出現了，彥麻呂的右手該不會被咬斷吧？

看起來像是某物在作祟。若是如此，是不是該去找哪裡的陰陽師商量，還是讓彥麻呂移到別處去睡就好？正當眾人議論紛紛時，下人來報。

「外面有個奇怪的老頭子，說想進來見主人。」

「奇怪的老頭子？」

「是的。」

「是什麼樣的老頭子？」

正當彥麻呂如此問時，聲音響起。

「像我這樣的老頭子。」

聲音傳自庭院。

「您遇上麻煩了吧。」

彥麻呂望向庭院，發現庭院站著一個身穿破舊黑水干的老頭。光著腳。

頭髮像艾草般蓬亂地往上豎立，眼睛發出黃光，長鬍子遮住了整個下巴。

「哎，您遇上麻煩了吧。剛才經過你們家大門，看到一股惡氣從屋頂冒了出來……」

從老人說的內容及其舉止來看，似乎是名法師陰陽師。

「看樣子，在這一兩天內，這宅邸內會有人死去……」

老人在庭院中，瞪大雙眼環視著窄廊上的人。

「我知道了，不就是你嗎！」

老人指向彥麻呂。

對此，彥麻呂感到驚訝萬分。

家裡的人什麼都沒說，老人也只是從屋外路過，竟能看出屋內有事，甚至在沒有人告訴他到底是誰出了事的情況下，就指出了出問題。

他身上的衣著雖然邋遢不堪，但看起來應該是靈力很強。

「不管那是什麼問題，就讓我這個老頭子幫你們解決吧。至於報酬嘛……」

老人抿著嘴，對著眾人笑了笑。

「我想喝酒，你們請我喝杯酒吧。」
老人如此說。
「別說是一杯還是兩杯，只要你能幫上忙，喝多少都可以。」
彥麻呂當然這麼說。
「那就這麼決定了。」
老人顯得興高采烈，伸出紅舌舔了舔嘴脣。
「我叫蘆屋道滿。」
老人揚起一邊的嘴角。
「你說吧，到底發生了什麼事。」

二

「原來如此。」
道滿聽了彥麻呂述說整件事的來龍去脈，點了點頭。
「你認識那女子嗎？」
「不認識。」

彥麻呂一口否認。

「我有個女人住在西京，但我從來沒讓她在經濟上有過困難，也沒有別的女人……」

「伸出你的手來。」

聽道滿如此說，彥麻呂伸出右手。

那隻手通紅腫脹。

無論手背或是手掌，甚至連手指、指腹、手腕，都有咬傷的痕跡。

「這不是老鼠咬的。」

道滿自言自語地說。

「唔。」

道滿歪著脖子想了一兩口氣的時間。

「應該是今晚吧。」道滿低聲說道。

「今晚？」

「就讓我道滿出手來解決。」

「真的?!」

「給我筆墨和硯臺。」道滿說畢，補充道：「還有酒。」

下人送來盛有酒的酒瓶、酒杯，以及筆墨和硯臺。

道滿先直接就著酒瓶咕嚕咕嚕地喝了幾口，再悠然自得地磨起墨來。

道滿將毛筆伸進磨好的墨汁裡，說：

「伸出右手。」

道滿讓彥麻呂伸出來的右手打開手心，用毛筆在手掌上畫了個「〇」，然後在「〇」中心畫上一條橫線，形成「㊀」。

至此，道滿再度咕嚕咕嚕大口地喝了酒。

「除了我道滿，沒有人會用這招。要是用土器當工具，甚至可以奪取人命。」

道滿用抓住瓶子的左手背擦了一下嘴脣，再用右手食指尖貼著「㊀」，唸了一陣子聽不出是什麼的咒語。

「這樣就可以了。」

「眞的嗎？」

「囉唆。」

道滿又喝了酒，之後擱下瓶子，就地躺了下來。

「晚上再叫醒我。」

說畢，道滿便睡著打起呼嚕來了。

三

道滿在黑暗中喝著酒。

他待在幔帳後面。

此刻已是深夜。

幔帳另一方傳來彥麻呂的鼾聲。

剛才，彥麻呂還一直睡不著，輾轉反側，難以入眠，但不知何時，他就睡著了。

道滿坐在幔帳後面，不出一聲，悠然地喝著酒。

白天已睡了一覺，到了晚上就不會犯睏。

夜愈來愈深，沒有任何事發生。

大概過了半夜——

道滿察覺到有動靜。

「唔……」

道滿將酒瓶擱在地面，側耳傾聽。

原來彥麻呂的鼾聲發生了變化，變得粗重起來。

鼾聲中還夾雜著另一種聲音。

「唔……嗯，唔……嗯。」

是呻吟聲。

「來了嗎？」

道滿低語，點燃擱在膝前的燈臺上的燈火，舉起燈火站了起來。

他走到幔帳另一方的彥麻呂的枕邊，舉高燈火。

彥麻呂仰躺在床上。

他身上蓋著蓋被，此時右側的被子下出現了某物，正不停蠕動著。

「出現了！」

道滿一喊，屋子裡有了動靜，兩三個手中舉著燈火的人，聚集了過來。

其間，彥麻呂依然閉著雙眼，發出呻吟。

待大家都聚齊時，道滿說：

「你們看好了！」

道滿蹲了下來，用左手翻開蓋被。

「噢！」

所有人都大叫了一聲，驚慌失措地往後退。

原來是彥麻呂的右臂，纏著一條粗壯的蛇——是青大將[2]，正彎彎曲曲地扭來扭去。

彥麻呂的右手，緊緊握住那條蛇的頭部。

這時，彥麻呂才醒了過來，仰望著聚攏過來的眾人。

「怎、怎麼了？」

彥麻呂大聲問道。

之後，看著纏在自己的右臂上，以及手中握著的物體，尖叫了起來。

「哎呀！」

四

「我想起來了，在出現這種怪事之前，發生過一件事……」

天亮之後，彥麻呂才一副認眞表情地講述起來。

2 學名Elaphe climacophora，中文名：日本錦蛇。是日本本土的特有種，無毒，在日本為體型最大的蛇類之一。多於平原、山地、森林、草原、水邊或農地中生活，有時也會為了捕食老鼠，而在人類住宅或倉庫中生活。

「我之前告訴過你，我在西京有個女人。那天，我前往女人住處的途中發生了一件事……」

彥麻呂搭車出門。

人數很少，只跟著一名趕牛車的下人。

途中，不知車子的車輪出了什麼問題，屁股下傳來咚嚓咚嚓的聲音。

那種感覺很不舒服，讓彥麻呂坐也坐不穩。

彥麻呂要拖著車子的牛先停下來。

「怎麼回事？」

他問了趕牛車的下人。

「是蛇。」

趕牛車的下人立即去查看詳情，回來報告道。

「蛇？」

「一條很粗的青大將纏在右車輪上。」

「想辦法扯下那條蛇，扔到路旁吧。」彥麻呂如此說。

過了一會兒——

「不行，那條蛇纏得很緊，扯不下來。」

「什麼?!」

彥麻呂下了車,親自去查看車輪。

果然有一條粗大的蛇一圈圈盤在車輪上,緊緊咬住車軸,就這麼死了。

可能在來到此地的途中,車輪壓到了蛇,那蛇才纏了上來吧。

而且,這條蛇相當倔強,不但緊緊纏住了車輪,還緊咬不放。

因此,每當輪子轉動一圈都會輾過那蛇一次,才會發出那樣的聲音。

趕牛車的下人想把蛇剝下來,但蛇纏得太緊,怎麼也剝不下來。

「你在磨蹭什麼?這樣不就得了。」

彥麻呂推開趕牛下人,伸出右手抓住蛇頭,使勁地將蛇從車軸上扯下。

但是,那條蛇放盡氣力死纏住車輪,以致於蛇身從車輪壓過牠的地方被撕裂爲兩半。

「呿!眞麻煩。」

彥麻呂好不容易才從頭到尾將蛇剝下,然後將牠的屍骸隨手扔在路邊,搭上牛車繼續前往女人的住處。

「啊哈!就是這個原因!」道滿說:「這是條女蛇。」

道滿將右手伸進懷中,從懷中滑溜地拉出一條粗大的蛇。

那條蛇掛在道滿手中，蛇身彎彎曲曲地蠕動著。

正是昨晚那條蛇。

昨晚，道滿從彥麻呂的手臂剝下了蛇之後，說：

「這個，我道滿收下了。」

說畢，將蛇塞進懷中。

「彥麻呂大人的牛車輾到的，應該是這條女蛇的丈夫吧。這傢伙看到丈夫被輾死，於是向彥麻呂大人報復。」

因此這條女蛇才會於每天夜晚來啃咬彥麻呂抓住丈夫蛇身的右手。

道滿將蛇往懷中一靠，蛇就主動伸長了頭，鑽進道滿懷中，滑了進去。

這條蛇似乎對道滿萌生了莫名的好感。

「今後到了晚上，你的右手再也不會被咬了。」

道滿伸出左手，一把抓住眼前的酒瓶瓶頸，站了起來。

酒瓶瓶頸懸著一根繩子，道滿將食指插入那繩子圈成的環子中。

「那麼，這酒我就帶走了。」

道滿赤著腳踩著地板，走到窄廊，再從窄廊下了階梯，來到庭院。

道滿慢條斯理地跨出腳步。

「接著，去晴明那裡吧……」

道滿如此喃喃自語，不過，聲音傳不到彥麻呂那邊了。

晨曦和鶯啼，傾瀉在道滿的背上。

相人

一

有一位名爲登照的僧侶。

據說他是花山天皇[1]時代的人，因此也可以說，他與安倍晴明幾乎是同時代。

在某古籍記載中，說他是位「相人」。

所謂相人又稱相士，能透過觀看骨相或人相判斷吉凶禍福。

此人既是僧侶，又是相士——也就是相人，兩者並不矛盾，所以就當他兼具這兩種身分吧。

登照的相術非常準確。

他能通過觀看人的相貌，聽著該人的聲音，了解其舉止行爲，然後算出壽命長命短，指出將來的貧富，預言官職的高低。

登照算出的結果從來不失準。

因此，京城中不論道俗男女都聚集到登照的僧房來。

有一次，登照出門辦事，路過朱雀門，看到有很多人在門下休息。

據說，不分男女老少——亦即，老人、兒童、男人、女人、旅者、僧

1 日本第六十五代天皇，九六八年—一〇〇八年。

侶，以及趕牛車的下人等，衆多人聚集在門下，或站或坐，或躺著休息。

由於時值夏天，衆人爲了躲避陽光而聚集在該處。陽光從正上方射下，只有門下恰好是陰涼處。

所有人都舒了一口氣，悠閒地休息。

登照是侍奉佛祖的人，他非常明白佛教的原理，也就是諸行無常的定律。

不僅是人，這世上的所有生物都有可能隨時隨地因突發事故而喪命。因此，登照走在京城馬路上，經常會看到迎面而來的人臉上出現死相。有時，即使不看相貌，光是聽其聲，或看一眼隨身攜帶的物品也能察知。

那時，登照也察知到了。

門下的每個人都出現死相。並非只有一人或兩人，而是這人那人，在場的每一個人，都面呈死相。

這實在太奇怪了。

倘若，有人之後遭盜賊襲擊，或因生病，或因摔倒撞到頭而死去，出現死相的應該只有一兩個人，但此刻卻是所有待在門下的人都如此。

登照想得到的原因只有一點。

亦即，當這些人都到此處，這道朱雀門便會倒塌，壓死門下的所有人。除此以外，再也想不到其他可能了。

「看吧，那道門即將倒塌，門下的眾人皆會死。快逃啊。」

門快倒了，大家都會沒命，快逃啊——

有些人聽了登照所說的話，驚慌失措地逃了出來，有些人則不信。

「不知在胡說些什麼！」

不相信的人便留在門下。

逃出來的人和登照逃到離大門有一段距離之處，停下來回頭一看，朱雀門突然發出巨響，塌了下來，留在門下的人全被壓死了。

不用說，死裡逃生的所有人臉上已經不見死相。

此事之後，登照的聲譽傳遍京城。

「哎呀，登照大人的占卜術實在太了不起了。」

二

登照的僧房位於一條那一帶。

時值春天——

據說那是個靜靜飄落著細雨的夜晚。

是春雨。

無聲無息。

比細線還細，比細針還細的雨絲，輕柔地飄落到地面。

就像雲霧那般。

雨絲雖然會觸及地面，以及地面上的石頭和叢生的青草，但不會發出聲響。雲霧似的雨絲飄落在松葉和野萱草等葉尖時，會在不知不覺間形成水珠，閃閃發光，僅此而已。

到了深夜，登照熄了燈，正打算就寢，聽到一陣笛音。

有人在外面的大路上，邊走邊吹著笛子。

那笛音優美且溫柔。

登照本來側耳傾聽著，突然站了起來，叫來一名弟子僧。

「吹笛路過的不知是何人，從他的笛音聽來，恐怕命在旦夕，你快去告訴他。」

這個吹笛子的人大概不久就會喪命，不快跟他說不行——

「你快去外面，把這笛聲的主人叫來。」

登照讓弟子出去找人。

但是，就在吩咐這些話的過程中，笛音已漸漸遠去，笛聲之主不知消失於何處。

弟子雖然慌忙跑了出去，可是已聽不見笛聲，再者又是夜晚，笛主早已不知所蹤。

當晚登照就寢後，依舊很擔憂笛聲之主的下場。

那笛聲的主人到底怎麼樣了？

他的性命恐怕撐不到天明……

然而——

雨停後的第二天早晨，登照在進行晨禱誦經時，自外面的一條大路又傳來了笛音。

登照側耳傾聽，聽出吹笛的人和昨晚的是同一人。

而且，昨晚明明在笛音中出現的死相已經消失了。
究竟發生了什麼事？
登照停止晨禱工作，如此說：
「吹此笛路過者確實是昨夜那人，此事實爲奇異也。」
「聽起來的確是昨晚那人吹的笛音，但奇異之事究竟是指什麼呢？」
弟子問。
「別問了，你先去請那位笛聲之主進來吧。」
聽登照這麼說，弟子便出去叫人。
沒過多久，弟子僧帶著一名男子回來。
看那男子隨身攜帶的物品以及身上的服飾，打扮像是個武士，但容貌和舉止卻又像是身分很高的貴人。
「昨晚，您是不是吹著笛子路過此地？」
「確實如此。」
「那時，我聽到的笛音中充滿了就要斷氣的死相，爲了告訴您此事，我讓弟子追出去，無奈那時您已經走遠了。」
「原來有這種事。」

「不過，我現在聽到的笛音完全沒有死亡的氣息。請問，昨天晚上您是否做了什麼事？」

「不，昨天晚上我沒特別做什麼。」

「可是……」

「我昨天晚上去的是離這裡不遠的川崎，在那裡有位大人在做普賢菩薩法會，我配合法會的伽陀，吹了一整夜的笛子……」

「噢，應該就是這個原因吧。也許是您吹了一整夜笛子的功德，和普賢菩薩結下了緣，才得以保全性命吧。」

據說登照如此說，接著對著那笛聲之主合了掌。

「謝天謝地，謝天謝地……」

三

過了三天的那天——

登照因爲有事要到朝堂院[2]，於是進了宮。

辦完事後，歸途中，他穿過了朱雀門。

---

2 宮廷正廳，朝廷舉行即位、饗宴、盛典、儀式時使用的建築物。

那時——

「登照大人！」

背後有人叫住了他。

登照回頭一看，看到一名身穿白色狩衣的男子站在該處。

那男子眉清目秀，嘴脣像女子那般紅潤。

「我是陰陽寮的安倍晴明。」

那男子自報姓名。

登照雖然聽過這個名字，卻是第一次見到本人。

不，應該說，之前好幾次曾遠遠看到對方的身影，但面對面這樣出聲問候，倒是第一次。

「噢，晴明大人，幸會，久仰大名。」

「我才久仰您的高名呢。」

「請問，找我有什麼事嗎？」

「大約五年前，您預知這道朱雀門將倒塌，拯救了在門下休息的那些人的性命……」

「不，還是有人被壓死了，是我力有未逮。」

此時的登照還不明白晴明爲何找他。

「說到底，人確實不知會在何時又因何事而喪命，就連我晴明，也絕不會是例外。」

晴明抬頭望著朱雀門說。

「確實如此。」

「這個……」

晴明將視線從朱雀門移向登照。

「今天我聽人提到大人您會進宮來，所以特地在此等您。」

「有什麼事嗎？」

「您是否記得三天前，有人吹著笛子路過您的僧房。」

「哦，我記得很清楚。」登照點頭。

接著，登照講述起那天晚上和次日早晨所發生的事。

「有什麼問題嗎？」

「吹笛子的那名男子，是我熟識的人。」

「是嗎？到底是哪位呢？」

「是正三位貴人，源博雅大人。」

晴明在此給博雅加上了「大人」的稱呼。

「噢，就是那位以笛術精湛而著名的大人，難怪能吹出那樣的笛音。不過，您叫住我，是爲了告訴我這些嗎？」

「不是，接下來才是我眞正要說的。」

「那麼，我就洗耳恭聽了。」

「昨天晚上，在我的宅邸，博雅大人和我一起喝了酒……」

「是嘛。」

「我宅邸庭院中的桃花剛要綻放，博雅大人想觀賞桃花，一邊品嚐美酒，就來到了我的宅邸。」

「然後呢？」

「在我們互相斟酒的過程中，我察覺到一件事。」

「什麼事？」

「博雅大人似乎曾被某物附身……不，也許應該說是他被詛咒了，或者有邪惡之物曾附在他體內一段時間，不過我們見面那時，那物已經脫落了。」

「您可以看出這類事嗎？」

「是的。」

「然後呢？」

「於是，我就問博雅大人，近來發生過什麼事。」

因此，晴明才得知三天前的晚上所發生的事。

四

「嗯，我遇到這樣的事喔，晴明……」

博雅將正要端到嘴邊的盛有酒的酒杯停在半空，如此說。

「那時派人來叫住我的，正是五年前預知朱雀門會倒塌，後來救了眾人的那位登照大人。」

「但是，博雅啊，那天晚上，你爲什麼會前往川崎參與普賢菩薩法會呢？」

晴明如此問，博雅答道：

「從以前，我就很想配合法會的伽陀吹一次笛子。可是若穿上黑袍，帶著隨從前往的話，總覺得太煞有其事，好像會造成麻煩，所以就扮成武

士出門了。」

「可是，你前往川崎的那天中午還在這裡和我一起，我們不是還喝了酒嗎？那時，你的臉上並沒有出現死相。」

「那麼，應該是後來才出現的吧。」

「才半天時間而已。」

「嗯。」

「這不就表示，登照大人察覺出了連我都沒察覺的事嗎？」

「這樣不行嗎？」

「不，不是不行……」

「那不就好了嗎？」

博雅如此說，將停在半空的酒杯端到嘴邊，總算把酒喝了。

「因爲你很特別。」

待博雅將酒杯自嘴脣上移開後，晴明才如此說。

「特別？是什麼意思？」

「你是大自然之物。」

「大自然？」

「嗯。」

「晴明啊，你是不是在開我玩笑？」

「不是，我這是在讚美你。」

「是嘛……」

「總之，我會找個機會，和他見個面。」

「見面？」

「嗯。」

「和誰見面？」

「當然是那位登照大人，我必須要與他見上一面。」

五

「因此，今天我特地在這道門下，喚住了登照大人。」晴明說。

「原來如此。」

登照點了點頭，望著晴明。

兩人的頭頂上，聳立著朱雀門。

「所以，您覺得如何呢？」登照問。
「覺得什麼如何？」
「我的意思是，您親眼見到了我，覺得如何？」
「這個……」
晴明臉上罕見地浮出琢磨著什麼的表情。
「我有點爲難……」
「什麼事令您爲難？」
聽登照如此問。晴明微微抿著嘴脣，感覺是下定了決心。
「在告訴您這件事之前，我想先試試另一件事。」晴明說。
「無論什麼事，請您試吧，我不介意……」
「實在很抱歉，坦白說，我已經試過了。」
「試過什麼？」
對此問題，晴明避而不答。
「源博雅大人是大自然之物，自然界的人。」晴明如此說。
「大自然？」
「比如說，四處可見的花草、石頭、樹木，這些東西渾然天成地存在於天地間，而博雅大人也一樣，渾然天成地存在於這個世界。」

「是嘛……」

「就像石頭和樹木不會出現死相，博雅大人也和那類事沾不上邊。」

「您想說的是？」

「我的意思是，即使那類現象出現在博雅大人身上，博雅大人也不用借助神明或菩薩的力量，只要他吹笛子，這類現象便會消失。不過，也並非表示他會長生不老。」

「我明白，我當然明白晴明大人所說的意思。」

「方才，我告訴過您，我已經試過了……」

「是。」

「但是，我還沒有證實結果。」

「證實？」

「證實我的想法是否正確。」

「這是什麼意思？」

「請稍待。」

晴明將右手伸進懷中，取出一根細針。

「那是什麼？」
「是針魔之針。」
「是用來做什麼的呢？」
「能不能請您伸手觸摸這根針，或者，請您用這根針，稍微蘸一下頸部的汗。」
「當然可以。」
登照用右手手指觸摸了針。
「這樣可以嗎？」登照望向晴明。
「可以。」
晴明用右手將針擱在左手掌上，再度將右手伸進懷中。
當晴明伸出右手時，手指夾著一張紙片，是用紙做成的人形。
那個人形上有一根用紅線繫住的頭髮，胸口四周還浮出一塊黑色斑點。
「那是什麼？」
「是我的頭髮。」
「頭髮？您的……」登照臉上首次露出驚訝的表情。

「是。」晴明點頭。

「這到底是怎麼回事呢？」

「我方才不是告訴過您，我已經試了某件事，但還沒有證實其結果？」

「是那結果出來了嗎？」

「是的，很遺憾。」

「很遺憾的意思是……是對我而言很遺憾嗎？」

「我實在很抱歉，但是……」

「請您說明吧。」

晴明輕輕嘆了一口氣，再下定決心似的開口。

「這個人形的胸口上的黑色斑點，是蘸上我的血。方才還很紅，現在卻正如您所見的這般，變黑了。」

「是……」

登照點了點頭，臉上的不安神色愈來愈濃。

「這個黑色，換句話說，正是死相。」

「死相？」

「這死相本來應該出現在我臉上，但這個人形代我接了，所以變成這樣。」

「這意味著……？」

「意味著某人詛咒了我，或是暗中盼望我死去。」

「那是……」

「人都會在不知不覺中詛咒他人。曾有個女子，在非自己的意願下變成了生靈[3]，附身在另一個女子身上，想殺掉對方。而這事，連當事人都一無所知。」

「那……」

「方才我就告訴過您了，即便是在下晴明，也不知何時會喪命……」

當晴明說到此，晴明左掌上的針，突然噗一聲地跳了出來，深深地刺進晴明右手上的人形的胸口。

「啊！」登照發出叫聲。

之後，兩人默不作聲。

長時間的沉默之後，

「原來是我啊……」

---

3 活著的人的靈魂出竅，成為怨靈，在當事人不自覺的情況下，向他人作祟。

登照自言自語。

「原來是我。所有的事，原來都是我啊。推倒這道朱雀門的人是我，方才讓針跳出來，也是我做的吧，是我在不知不覺中……」

「……」

「原來是這樣啊。五年前，我路過這裡時，內心思考著世間無常的道理。心想，在這裡休息的人總有一天都會死去。因此，是我一廂情願在這道門下休息的衆人臉上看到了死相。爲了讓自己的預言成眞，我就將這道朱雀門給……」

「……」

「聽到博雅大人的笛音那時，我也在思考著世間的無常，心想吹這笛子的人總有一天也會死去，因此笛音才出現了死相。而剛才也是如此，聽了晴明大人的話之後，我受到影響，想到了您的死，所以死相才會出現在人形上……」

晴明不答話。

只是默默聽著登照述說。

「方才跳起來的針和朱雀門倒塌那事原來都一樣。這一切都是我……」

「您做的這些，都絕非出自您自己的意願，登照大人。」
「晴明大人，我該怎麼辦……」
「我也不知道。我沒有資格勸登照大人該如何做，畢竟我也是那浮在這人世上的一抹泡沫罷了。」
「啊……」
「我不會向任何人透露此事，這事會一直隱藏在我胸中……」
說到此，晴明已經無話可說。
晴明向登照行了個禮，悄然離開。
登照則始終佇立在原地。

六

三天後，登照拿針刺進了自己的眼睛，成了盲人。
登照沒有說明其理由。
儘管如此，還是有很多人來拜訪登照，但自從盲了以後，登照從來不提有關面相的任何事。

登照活得比晴明還久。
享壽八十五——

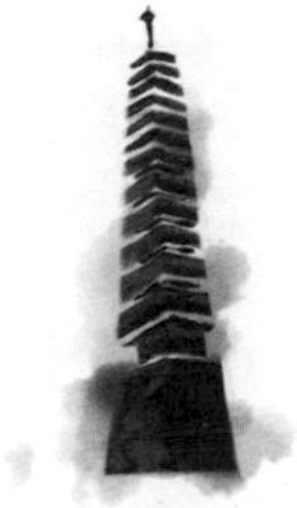

塔

一

蟬鳴唧唧響個不停。

晴明宅邸庭院中的櫻、松、楓等，所有樹的樹梢上都傳出蟬鳴聲。

晴明和博雅聆聽著那聲音，飲著酒。

博雅盤坐在窄廊的圓座墊上。

晴明則身穿白色狩衣，背倚柱子，豎起單膝，以左手的白皙指尖抬起酒杯，端至紅潤脣邊。

途中，晴明頓住左手的動作，因爲博雅嘆了口氣。

「怎麼了？博雅。」

問了之後，晴明才將酒杯端到嘴邊，一口飲盡。

將酒杯擱回托盤後，在一旁端著酒瓶往杯中斟酒的人，不是蜜蟲。

就年齡來看，像是十四、五歲的男孩——正是外表像個少年的露子姬。

一個黑眼珠滴溜溜轉的年輕姑娘。

十八歲——

是從三位貴人，橘實之的女兒。

雖然已經到了該出嫁的年齡，卻沒有拔掉眉毛，甚至沒有染黑牙齒。

就像個男子，穿著與晴明類似的白色狩衣，頭髮紮在腦後，用紅繩束著。

露子姬長得很美。

因爲喜歡蟲類，宅邸內處處都養著蟲子。

比起蟲子的事身爲父親的實之，更希望能盡早解決女兒的問題。

螻蛄男、

蟾麻呂、

蝗麻呂、

雨彥。

露子姬派這四名少年捕捉罕見的生物，不但飼養起來，還親自給不知名的蟲子起名，並讓畫師畫出那些蟲子的圖像，還製作了類似「生態日記」的冊子。

露子姬的興趣還涉及蟾蜍、蛇類、魚類等。

甚至飼養著烏毛蟲——也就是有毛的毛毛蟲，以及無毛的毛毛蟲。

然而——

「哎，露子呀，你的歲數也不小了，我是已經放棄送你進宮工作的打算，但你也該讓貴人來此走訪，生幾個孩子……」

父親實之常對女兒如此嘮叨。

「比起烏毛蟲那種令人不快的東西，世人更喜歡美麗的蝴蝶哪。」

「哎呀，父親大人，那所謂美麗的蝴蝶正是從烏毛蟲長成的呀。再說，烏毛蟲本身也十分美麗。」

「可是，露子啊，女人的幸福，取決於她生下的孩子是不是出自貴人家，以及孩子的父親在那家中的地位呀。」

「父親大人您有所不知，這世上才不存在什麼女人的幸福。就算有，也不是女人的幸福，而是自己的幸福。請父親大人千萬別認爲您所說的女人的幸福就等同於我的幸福。」

類似的對話，在這對父女之間，每個月至少都會重演一次。

「哎，露子呀，你聽我說，不是我爲人父母偏愛，可你的容貌確實比一般女子要美得多。」

「我是我，我喜歡蟲子，喜歡在草地上奔跑，要我每天都待在簾子裡邊，裝成一副弱不禁風的樣子，我絕對辦不到。如果有人說喜歡這樣的我，要我不用改變，那倒還可以，但如果只是爲了要我爲某人生個孩子，而讓我變得不再是我的話，我寧願一輩子都像現在這樣過著。」

這位露子姬特別喜歡晴明和博雅，每次造訪晴明宅邸時，都會代替蜜蟲陪兩人喝酒。

待露子姬將空酒杯都斟滿了之後，博雅開口：

「晴明啊，最近，我一直在思索一件事……」

「思索一件事？」

晴明端起盛滿了酒的酒杯。

四周吹拂著微風。

「嗯。」

「什麼事？」

「哎，就是有關現在我們聽到的這蟬叫聲……」

說畢，博雅又輕輕搖了搖頭。

「不，不，不是蟬叫聲也可以。可以是那棵櫻樹，也可以是這陣風……」

博雅端起酒杯，打算喝，卻在中途停了下來。

---

1 學名：Hyalessa maculaticollis，英文：Japanese Minminzemi，中文：日本斑透翅蟬。存在於中國、日本、朝鮮半島和俄羅斯海域。只有雄蟬會發出叫聲，並且其叫聲會根據位置而變化。

「風？」

「不，就說是蟬吧。比如說，現在正鳴叫著的這蟬……」

博雅彷彿想用目光捕捉從樹梢降下的蟬鳴般，將視線移向庭院。

「這是鳴鳴蟬[1]。」露子說。

「哦，這就是鳴鳴蟬嗎？」晴明低語。

「這些蟬總是鳴—鳴—地叫，所以是鳴鳴蟬。」

無論是蟬還是蝴蝶，露子都不會一概稱牠們爲蝴蝶或蟬，而是替牠們起個名字。她經常爲天地現象中的無名之物命名。若按晴明的說法，就是樂於給衆物施咒。

「在同一棵櫻樹上一起鳴叫的，是嘰哩嘰哩蟬[2]。這種嘰哩嘰哩蟬會在地底蟄伏六年，出了地面後，只活七天，最長半個月就會死去。」

「是嘛……」

「無論是哪種蟬，會叫的都是男蟬。」

「女蟬不鳴叫嗎？」

「是的。」

「那麼，男蟬爲什麼會那樣鳴叫呢？」

---

2 學名：Graptopsaltria nigrofuscata，英文：Large Brown Cicada，中文：大棕蟬、日本油蟬。在中國、韓國、日本是最常見的大型蟬，翅膀是不透明的棕色。據說因為叫聲類似油炸聲，所以日本名是「油蟬」或「鳴蜩」。

「我想，大概在呼喚女蟬吧。」
「就這樣叫一整天？」
「是的。」
露子點頭時，博雅又嘆了一口氣。
「啊呀，我想說的正是這件事。我現在最關心的……」
博雅如此說，他沒有喝下酒，就把酒杯擱回到托盤上。
不等晴開口詢問，博雅接著吟誦出如下的和歌。

夏蟬蛻殼後
蟬衣留林樹
魂魄何往去
悲從中來兮[3]

「這是《古今集》中，一首無名氏作的和歌。」
爲了讓博雅暢所欲言，晴明不作聲地端起酒杯。
「人，不，不限於人，凡是存在於這天地中的物事都和這蟬一樣，誕

3 出自《古今和歌集》卷十〈物名〉第四四八首，原文：空蝉の 殻は木ごとに とどむれど 魂のゆくへを 見ぬぞかなしき。

生於世，然後死亡。我明白這是天地之理，但在有生之年，到底能做多少事情呢？不管是我吹笛子也好，還是那些蟬鳴叫也好，應該都一樣吧，除了不斷重複，還是重複，最終留下蟬衣，離開這個世界。無論我們穿了多麼珍貴的衣服，總有一天，我們還是會留下那件衣服，離開這個人世。想到此，我感到有點寂寞，不，既然和蟬一樣，我想，反而應該懷有感恩之心，或是其他什麼。我也解釋不清這種心情，總之就是感慨萬千啊，晴明。」

晴明默默無言地飲盡了酒，再擱下酒杯。

「你怎麼了？」博雅問。

「什麼怎麼了？」

「過去，每當我說出這類話，你不都會笑我嗎？所以這次我已經做好心理準備等著呢……」

「你希望我笑你嗎？」

「不不不，也不是這麼希望。」

博雅端起酒杯飲盡。

露子在兩個空酒杯內斟酒。

「話說回來，這問題與其問我，你去問出家人不是更好嗎？」

「問出家人？」

「是啊，今天玄珍大師預定來此。」

「是比叡山那位大師？」

「是的，聽說有事要找我商量。我問他，今天源博雅大人要來我這裡，他在也可以嗎？對方說沒關係，因此……」

「他要找你商量什麼事？」

「聽說，最近大師做了一個奇怪的夢，此來，就是想讓我占卜那個夢。」

「夢？」

「嗯。據說是過去曾夢見的人物，最近每天晚上都出現在大師的夢中，好像在催促大師，要他履行承諾。」

「過去的夢……催促……」

「是的。」

「到底是怎麼回事？」

「哎，你自己問大師吧。本人好像已經到了。」

晴明看見出現在庭院中的蜜蟲，如此答。

二

玄珍僧都大師是比叡山的僧人。

年屆六十六。

原本是名叫平政常的武士。

十五年前心靈福至，留下妻兒，遁入空門。

聽說這玄珍最近一直做著奇怪的夢，夢裡出現一名男子。

那人身上披著黑盔甲，對玄珍說：

「請您履行您的承諾。」

男子雖然腰間沒有佩劍，看上去卻像個士兵。

兩邊眉毛長得很長，方形下巴棱角分明。

「請讓我們擺脫苦差事。」對方嚴肅地說。

男子的表情疲憊不堪，感覺隨時就要喪命。

玄珍左思右想，總覺得好像在哪裡見過那張臉，又好像從未見過。對方說的承諾，又到底是什麼樣的約定呢？

玄珍怎麼想也想不通。

本來以爲不過是一場夢，可是接連兩次、三次、四次之後，玄珍開始認爲這裡頭可能有什麼隱衷。

因此，第五次出現時，玄珍在夢中問對方。

「你屢次出現在我的夢中，你到底叫什麼名字？」

「沒有名字。」

「沒有名字？」

「沒有。我們就是士兵，每個都是無名小卒。」

「我們？」

玄珍說出口後，當下就恍然大悟。

玄珍本以爲對方是一人，但在那男子背後，有無數名長相完全相同的人，排成了一條長龍。

那數量，有數百、數千、數萬……

每個人的身上都披著黑盔甲。

「你提到過去的承諾，但到底是什麼時候許下的，又是什麼樣的承諾呢？」

「十五年前，您在廣隆寺……」

玄珍聽到這句話後，大叫了一聲。

「啊！」

他終於想起了一切，聽懂那名男子到底在說什麼了。

於是，玄珍醒了過來。

三

玄珍——即平政常，是平貞盛[4]的家臣。

天慶三年[5]，「將門之亂」[6]那時，政常隨貞盛出征，平定了戰亂。同年，入西國，爲鎮壓「純友之亂」[7]而戰，於次年天慶四年，同樣平定了這場戰亂。

因這功績，主君貞盛被授予從五位官職，政常也跟著出人頭地，卻患上了抑鬱症。

參與了兩場戰亂之後，政常心中總覺得悶悶不樂。

---

4 日本平安時代中期的武將。

5 九四〇年。

6 桓武天皇後裔平將門於下總國舉兵謀反，自稱新皇之亂。

7 藤原純友，日本平安時代中期的貴族、海盜。在瀨戶內海與平將門同時發動叛亂。

他本就是個心地善良的人，然而身強體健，又生性認眞，在戰爭中爲了主君竭盡全力與敵軍奮戰，雖非己願，卻也因此奪走了許多人的性命。

平將門原爲平氏一族，在兩次戰爭中，與藤原彼此成爲敵人，有他的理由；政常內心總認爲，純友也有他的理由。但是政常也很明白，一旦分爲敵我，就算追究其中的正義和是非，也無濟於事。

在戰場上，只能聽從主君的命令，冒著性命危險，拚命作戰。

話雖如此，畢竟還是殺了太多人。

以弓箭射人時，政常能感覺得到箭刺穿人肉和骨頭的那種觸感，用武士刀砍殺時，更是如此。

死者也和自己一樣。

家中有妻兒子女，只不過他也得爲了主君而戰。自己只是僥倖地活下來，否則身死戰場的可能就是自己。

每每想到這些，政常就會感到十分沮喪。

既然事已至此，政常決心雕刻一尊佛像，以祭祀自己殺害的那些人。

於是他花了一年時間刻了一尊文殊菩薩，供奉在太秦[8]的廣隆寺。

這是十五年前的事了。

---

8 京都市右京區。

當時，他下榻在廣隆寺的僧房。

那天晚上，政常做了個夢。

夢中，政常站在一片不知是何處的草原。

草原正中央，聳立著一座塔。

是用石塊建造的石塔。

高度相當高。

政常至今也看過好幾次教王護國寺的五重塔，但這座塔比五重塔還要高。

大概有兩倍以上吧？而且，這座塔還在持續增長。

仔細觀看，可以看到有幾百人、幾千人、幾萬人，肩上都扛著石塊，登上那座塔，把石塊擱在塔頂。

雖然不知道他們是誰，但扛著石塊登上塔的人，身上都披著黑鎧甲。

他們的人數眾多，從廣闊草原的地平線一端，一直延伸至另一端。

而在他們的四周另有一批監視著堆砌石塊作業的士兵，身上都披著紅鎧甲。身穿紅鎧甲的士兵腰間都佩著刀，其中也有人拔出刀吆喝：

「快！動作快點！快搬石頭！」

他們如此威嚇著身穿黑鎧甲的士兵。

身穿黑鎧甲的士兵，因爲沒有任何武器，只能聽從腰間佩刀的紅鎧甲士兵的命令。

建造這座高塔，究竟需要花多長的歲月呢？

光是想像就令人頭暈目眩。

突然——

轟地響了一聲。

有人從背後撞上了政常。

草地上翻滾著一塊巨石，旁邊躺著一名身穿黑鎧甲的士兵。

看來像是從某處搬運了巨石來到此處，卻因巨石太重而跌跌撞撞，撞上政常時，巨石也跟著滾落在地，那士兵因過度疲勞而倒地。

「怎麼了？你沒事吧？」

政常扶起躺在地上的士兵。

「沒事。」

在政常的扶助下，那名士兵好不容易才站了起來。

仔細一看，士兵臉上的兩邊眉毛長得異乎尋常，四方下巴稜角分明。

「你們到底在做什麼呢？」政常問。

「建造塔。」那名士兵面帶憂容，低聲答道。

「塔？」

「我們在建造那邊的那座塔。」

「爲什麼要建造那座塔呢？」

「不知道。」

「啊？不知道？」

「是的。」

「你們是在建造不知道爲什麼而建的東西嗎？」

「不是，不是我們在建造，而是被迫要這麼做。」

「被迫的？」

「是的，我們國家與那些穿紅鎧甲士兵的國家發生了戰爭，我國戰敗了，於是只能服事於那些士兵。」

「原來如此。」

「總有一天，再過三年，塔應該可以竣工了……」

「那麼到時候，你們就可以擺脫這份工作，重獲自由了嗎？」

「不，並不會。」士兵說著，潸然淚下。

「你為什麼哭得這麼厲害呢？」

「我剛才說過，那座塔大概再過三年左右就能竣工吧……」

「是啊，那你為什麼哭呢？」

「因為那座塔竣工後，接著我們就要拆掉那座塔。」

「拆掉？」

「每次竣工後，那些身穿紅鎧甲的士兵總會說……」

「說什麼？」

「他們會說：『好了，接下來，你們再登上完成的這座塔頂，把石塊搬走吧，要讓這裡恢復成原先的草原』。」

「把石塊搬走？恢復成原先的草原……」

「是的，正如所說那樣。」

「為什麼？為什麼還要毀掉已經建造好的塔呢？」

「這就是我們的命運啊。」

「命運？」

「大約一百多年前，我們國家和那些紅鎧甲士兵的國家打仗，我們打輸了。他們爲了讓我們陷於絕望，就不停讓我們反覆做著建造和拆除那座塔的工作。」

「哎呀……」

「那座塔第一次竣工時，我們非常高興。因爲即便戰敗，即使淪爲奴隸做苦工，能做點有益的事，對我們來說是無上的喜悅。花了七年，建成了石塔，我們以爲這期間的辛苦都有了回報。可是，當他們命令我們再次將塔拆毀那時……」

說畢，下巴稜角分明的男子簌簌地淚流滿面。

「建造期間花了七年，拆毀時也花了七年。拆掉之後，又要在同一個地方建造，建完之後再拆。這一百多年來，我們已經不斷重複做著同樣的事。」

「這實在……」

政常雖然很同情男子，同時內心又如此想：

「不過，這世上的每個人不也都和這些穿黑鎧甲士兵一樣嗎？爲了完成某種目的，每天不停工作，但工作有眞正完成的一天嗎？即便完成了，也不等於這一生的工作都結束了，接下來還是會重複做著同樣的事，一直重複、一直重複，重複再重複，這不正是現在的我們嗎？」

原來這個世界是如此空虛呀。

既然如此——

「不如出家，作爲一個僧侶，活在這個虛無世界算了……」

政常下意識地如此自言自語。

「啊，您要出家嗎？如果眞是那樣，我想拜託您一件事。假如您眞的出家，累積了相當的功德，能不能請您幫我們向佛祖祈禱，讓我們總有一天可以結束這項苦差事。」

「啊，當然可以……」

政常低聲回答時，天已亮，人也就醒了過來。

四

「原來發生過這樣的事。」

登門造訪的玄珍僧都坐在窄廊，向晴明和博雅講述了事情的來龍去脈。

露子也坐在兩人身後，聆聽玄珍述說。

露子有個官從三位的父親，是出身高貴的姑娘，本該躲在簾子後面，不能露臉見人，但露子卻毫不在意。

「那麼，您是何時察覺此事的？」晴明問。

「是在昨夜的夢中。」玄珍答道。

晴明像在思考著什麼，沉默了一陣子。

「就您所說，這事似乎連結了幾個咒……不，應該說是緣分而成的。」晴明如此說。

「緣分嗎？」

「是的。雖然此刻連我也無法想像到底眞相如何，但是明天我們也一起動身前往廣隆寺吧。」

「前往廣隆寺？」

「是的。我認爲，只要去廣隆寺，一切都會眞相大白。」

「是……」

「十五年前，您將親手雕刻的文殊菩薩像供奉給廣隆寺，您說過是爲了祭奠在戰爭中陣亡的那些人吧。」

「是的。」

「我記得，比叡山有尊威嚴的大威德金剛像。」

「是的。」

「那麼，今天您回去後，請在那尊大威德金剛像前搭起護摩壇，然後一整夜都燒著火，一邊唸著大威德金剛心咒：『嗡。咄唎。卡拉魯帕。吽堪。梭哈』，一邊祈求大威德金剛拯救那些穿黑鎧甲士兵，等天一亮，請您立刻前往廣隆寺。我們也會在您抵達時，同時到廣隆寺，」

「是，是。」

玄珍一副不明白爲何要如此做的表情，點了點頭。

「根據情況，說不定在我們抵達之前，大威德金剛即會顯靈，幫我們解決一切問題。到時候，我們就當成是去看結果，這樣也不錯。」

「好的。」

玄珍心想，既然因爲一場怪夢而來求助於晴明，即使不知所云，也只能按照晴明所說的去做。於是，玄珍也下定決心，點了點頭。

五

感到不知所云的，還有博雅。

玄珍離去後，博雅開口問：

「喂，晴明啊，這到底是怎麼回事，你快告訴我，讓我也能明白。」

「說了就沒意思了。而且，還有很多事我也不確定。」

「你方才說了什麼緣分，什麼咒的……」

「嗯，因爲咒和緣分都很相似。」

「難道又要聽你說有關咒的事了嗎？」

「如果你現在要我解釋的話。」

「唔……」

「反正明天去了，你就會理解了。」

「明天？難道，你要我陪你一起去？」

「當然一起去。」

「什麼？」

「方才我不是對玄珍大人說『在我們抵達之前』，難道你沒有聽到這此話？」

「我們？」

「意思就是包含你在內。」

「我也在內？」

「怎麼樣，去嗎？」

「唔，嗯。」

「那麼，去吧。」

當晴明如此說時，

「我也去！」

露子開口。

「晴明大人，方才您說這句『我們也一起』時，瞄了我一眼，是吧？所以『我們』當中，也包括了露子我吧。」

「那麼，露子姑娘也一起去吧。」晴明說。

「去。」露子笑顏逐開，紅著雙頰說。

「走。」

「走。」

事情就這麼決定了。

六

晴明和博雅以及露子抵達廣隆寺時，正好看到在山門下的玄珍。

晴明事先已遣蜜蟲來通知廣隆寺，說他們將來訪。

來到山門迎接四人的是一位名叫仙朝的僧人。

十五年前在玄珍來過夜時，這位仙朝曾照料過他，晴明也是透過廣澤的寬朝僧正而認識的。

「哎喲哎喲，博雅大人、晴明大人、玄珍大人，歡迎各位蒞臨……」

說著，仙朝望向露子。

仙朝因爲無法判斷露子到底是男是女而困惑。

「我是露子。」

露子朗聲報上名字。

聽到露子這個名字，仙朝似乎立即明白站在眼前的是誰了。

「啊，您就是那位橘實之大人的女兒蟲姬嗎？」

「是露子姑娘。」晴明說。

「眞是大駕光臨。」

仙朝浮出爽朗的笑容。

「初次見面，露子姑娘看上去就像是我們的彌勒像在笑的模樣。爲了看這張笑臉，無論是佛還是惡鬼，誰都會願意爲您效勞。」

仙朝對著露子，輕輕地雙手合十。

「誒……」

正當露子雙頰泛起紅暈時，一直朝裡邊窺看的晴明低聲說：

「裡面好像很吵。」

「是的，難得各位大人蒞臨，也還沒請教各位大人來此的目的，實在惶恐。然而今天早上，我們這邊突然發生了一點問題。」

「什麼問題？」

「我們寺院每年都會舉行牛祭[9]儀式……」

牛祭——

是每年在廣隆寺舉行的大酒神社祭禮。

由騎在牛背的摩多羅神率領著赤鬼、青鬼等四大天王遊行的秋天祭

---

9 京都三大奇祭之一，近年已不再舉辦。其他兩項為由岐神社的鞍馬之火祭、今宮神社的夜須禮祭。

典。

「摩多羅神所騎乘的牛一直都由我們寺院養著，今天早上這頭牛突然逃走了。」

「是嘛?!」

「是的。雖然不是什麼大事，就是那頭牛踩壞了位於寺院僧房後面的蟻丘。」

「寺院僧房後面的蟻丘？」

「是。」

「牛踩的？」

「是。」仙朝點頭。

「玄珍大人，您昨晚的祈禱似乎靈驗了。」晴明說。

「靈驗了?!」

「是的。」

望著點頭的晴明，玄珍依舊不明就理。

不過，仙朝和博雅也一樣不明白。

「喂，晴明，你到底知道了什麼？快告訴我們吧。」

「哎，博雅大人，我聽說是牛，才知道祈禱奏效，已經靈驗了，但這並不意味我全都知道了。總之，先麻煩仙朝大人帶我們去現場看，之後再說吧，您認爲如何？」

晴明如此說畢，接著望向仙朝說：

「能不能請您帶我們去那棟僧房的後面？」

「當然可以。」

仙朝走在最前頭，示意大家跟著他走。

穿過正殿一旁，仙朝繞過了建築物，往後邊走。

晴明一行人也跟在仙朝身後。不久——

「就是這裡。」

仙朝止步之處，正好位於僧房另一邊，該處有座看似泥沙堆積而成的小丘。

說是小丘，其實只是一團高及小腿的泥團。

四周打著四根木樁，木樁之間繫起繩子，圍著中央的泥土堆。

但是，其中兩根木樁已經傾斜，因而繩子也不是牢牢地圍著泥土堆。

看樣子，本來是好好圍著泥土堆，因爲牛衝進去而變成那樣了。

「大約從一百年前開始，這裡就有一座高約一個成人身高的蟻丘，這蟻丘每隔七年會變大又變小。一般說來，螞蟻不會建造規模這麼大的蟻丘，而且又會變大變小，所以這座蟻丘很稀奇，大家覺得很有趣，又感到很不可思議，因此，七十多年前起，爲了避免讓人觸碰，就這麼將蟻丘圍起來。」

「方才您說，自一百年前起，當時是不是發生了什麼事？」

「發生了一場戰爭。」

「戰爭？」

「一百年前，剛好在這一帶發生了一場螞蟻大戰。因爲是一百年前的事，親眼目睹大戰的人當然都已經不在人世了，但我是這麼聽說的。據說，有數以千計的螞蟻在這裡相爭，最終其中一方獲勝，那之後，這裡就出現了一座蟻丘。」

「然後，每隔七年，那座蟻丘再被毀掉……」博雅說。

「是的。」

仙朝點了頭，此時——

「是大黑蟻[10]和赤胸蟻[11]。」望著地面的露子姬開口說道。

---

10 學名：Camponotus japonicus，英文：Japanese carpenter ant，日文：黒大蟻、クロオオアリ，中文：日本巨山蟻、日本弓背蟻。工蟻體長約七—十二公釐，是蟻科巨山蟻屬的一種。分布於日本、韓國以及中國。

「你知道是什麼螞蟻嗎？」晴明問。

「知道。黑色的是大黑蟻，胸部紅色的是赤胸蟻。」

看來，露子給這兩種螞蟻起了這樣的名字。

仔細一看，牛踩壞的蟻丘那一帶確實有兩種螞蟻在東跑西顛。

「這麼說來，這兩種螞蟻就是玄珍大人所說的黑鎧甲士兵和紅鎧甲士兵嗎？」博雅問。

「赤胸蟻會建造蟻丘。牠們挖巢穴時會把挖出來的泥土堆在巢穴附近。不過，牠們的蟻丘通常並不大，另外……」

「另外什麼？」

「赤胸蟻會狩獵。」

「狩獵？」

「赤胸蟻會和其他種的螞蟻打架，讓對方成爲奴隸，替牠們工作。」

露子說完，瞄了一眼玄珍。

「噢，原來……」

玄珍這麼說後，再也接不下話，只是呆立在原地。

---

11 學名：Camponotus obscuripes，日文：胸赤大蟻、ムネアカオオアリ，中文：暗足弓背蟻。工蟻體長約八－十二公釐，胸部呈紅色。

七

太陽已經西斜。

西邊上空還隱約殘留著亮光，但夜色在晴明的庭院裡已如潮汐般漲起。

點著燈火，晴明和博雅坐在窄廊喝著酒。

在兩人一旁斟酒的是露子。

秋蜩[12]已經停止鳴叫，池塘附近有兩三隻螢火蟲在飛舞。

「喂，晴明啊，你告訴我吧……」

博雅端起盛著酒的酒杯說。

「告訴你什麼？博雅。」

「事前，你到底知道了多少？」

「其實一無所知。我完全沒預料到那些紅黑鎧甲士兵的眞面目，竟然是螞蟻。」

「可是，你一副胸有成竹的樣子，不是吩咐玄珍大人在大威德金剛前設置護摩壇，還讓他在護摩壇前祈禱嗎？」

---

12 學名：anna japonensis，日文：ヒグラシ、日暮、晩蟬、秋蜩、茅蜩、蜩，中文：日本暮蟬。分布於東亞，朝夕常發出刺耳的鳴叫聲。

「那是有理由的。」

「什麼理由？」

「因爲十五年前，玄珍大人供奉的是文殊菩薩雕像。」

「什麼?!」

「別忘了，大威德金剛的本尊是文殊菩薩。」

「什……」

「如果黑鎧甲的男子請求玄珍大人出家後替他們進行祈禱，那麼，祈禱的對象絕非其他神佛，必定是玄珍大人所供奉的文殊菩薩吧。那男子出現玄珍大人在夢中，也許是因爲他厭惡戰爭，對文殊菩薩有了感應。文殊菩薩的化身是大威德金剛，比任何尊神都要強大。倘若玄珍大人只是在廣隆寺過夜，大概也不會發生這種事。」

「唔，嗯……」

「若有什麼請求的話，應該是文殊菩薩化身的大威德金剛顯靈力量會更強吧。實際上也眞是這樣。」

「可是，牛怎麼……」

「廣隆寺、文殊菩薩、大威德金剛，連結起來，不正是牛嗎？」

「啊？」

「廣隆寺的牛祭啊，博雅，你應該知道吧，文殊菩薩化身的大威德金剛乘坐的是……」

「是牛！是水牛?!」博雅抬高了聲音。

「這樣你可以發現一些不可思議的連結了吧。」

「之前你說的，這件事是連結了幾個咒和緣分，原來是……」

「正是這個意思。」

「哎，可是，怎麼可能……」

「我猜，那一帶的螞蟻因爲日復一日聆聽寺院僧侶的誦經，於是逐漸累積了能建造一座巨大蟻丘的力量吧。」

「但是，怎麼會要打輸的螞蟻當奴隸，爲牠們建造蟻丘呢？」

「忘了是天竺還是唐國，聽說，爲了讓戰敗者一蹶不振，他們會令戰敗者做同樣的事。」

「什麼？」

「讓戰敗者建造一座城堡，一旦建成，就命戰敗者自己毀掉；毀掉後，再要他們重新建造……一直持續這樣做，能使對方萎靡不振，最後成爲廢人。」

「你連這種事都知道啊？」

「這種小事我還知道。」

晴明如此說，再享受地飲盡杯中酒。

露子往空酒杯內斟酒。

「不過，這次眞的多虧了露子姑娘，才得以解開我無法解開的謎團。」

「啊哈！」

聽晴明如此誇獎，露子滿臉通紅。

晴明從露子手中接過酒瓶，再將酒杯遞給露子。

「要喝嗎？」

「要。」

露子津津有味地喝著晴明斟的酒。

「可是，晴明啊……」博雅低聲說。

「怎麼了？」

「經過這次的事，我痛切地領悟了……」

「是嘛？」

「人到底爲了什麼而活呢？螞蟻建造塔再砸毀，砸毀了又建造，又再砸毀……歸根結柢，人不也是一樣嗎？人的所作所爲，到底有沒有一件事是具有意義的呢？」

「……」

「人……不，與其說是人，不如說是我，我到底有何……」

博雅說到一半便說不下去，安靜了下來。

「博雅啊……」晴明開口。

晴明的聲音，比以往任何時候都更加溫柔。

「什麼事？晴明。」

「一個人存在的意義，並非由自己決定的。」

「什麼？」

「對人下咒的，不是自己，而是他周圍的人，事物的意義也是如此。有些人不當石頭是石頭，而是利用它的重量可以壓物，便拿來當作鎮石，也有些人當敲擊工具使用，更有些人作爲武器，拿來扔……」

「……」

「無論是你，還是我晴明，存在的意義都是由他人決定的。博雅啊，你存在於這個世界就有意義呀。對我來說，你是無以取代的，光是存在於此，就令我感激不盡了。對我來說，這就是博雅存在於這世上的意義。」

「喂，喂，晴明。」

「怎麼了？博雅。」

「你不應該用那種表情、那種聲音突然說出那種話，好嗎？」

「是嗎？」

「這不是要讓我尷尬嗎？」

「這沒什麼好尷尬的。」

「少來了……」

博雅擱下酒杯，從懷中掏出葉二。

貼在嘴唇上。

吹了起來。

柔和的音色從笛子中滑了出來。

隨著那音色，螢火蟲在櫻樹附近翩翩起舞。

「好笛音，博雅。」晴明低語。

「確實呢！」露子說。

八

據說，那座遭牛摧毀的蟻丘之後再也沒重建過了。

露子姬

一

有人在某處吟詠和歌。
聲音細弱、幽微。

雪花正紛飛
春天已來歸
樹櫻之凍淚
不日可融乎[1]

是女子的聲音。
到底從何處傳來的呢？
是從庭院那邊傳來的。
此刻是夜晚。
話說回來，那聲音既細弱又幽微，竟然可以傳至耳底。
聽起來像是有什麼小東西在耳內輕聲說話。

1 原文：「雪（ゆき）の內（うち）に，春（はる）は来（き）にけり，鶯（うぐひす）の，凍（こほ）れる涙（なみだ），今（いま）や溶（と）くらむ。」現代文：「院子仍在積雪，春天卻已降臨（意味立春），在冬天期間凍僵了的黃鶯的眼淚（意味流不出眼淚的悲哀），近日可否融化呢？（意味作者的心）」出自《古今和歌集》第四章春歌（上），作者為二條后藤原高子。

露子知道這是一場夢。
因爲這半個月來，她經常做著同樣的夢。
露子掀起蓋被，支起身。
四周一片黑暗。
露子緩緩站了起來。
雖說是站起來，仍是在夢中。
露子知道這點。
她往前走著。
在黑暗中也知道何處有何物。
明明沒有燈火卻看得見。
避開帳幔，打開格子板牆，外面的冷空氣撲打在身上。
明明知道是冷空氣，卻不覺得冷，因爲這是在夢中。
身子很輕盈。
露子在距離地板一寸多高之處，漂流似的往前走。
站到窄廊時，四周是一片漆黑大海。
眼前除了黑暗，什麼都沒有。

天上有月亮，月光應該照著庭院，卻看不見任何物體。

在黑暗中，佇立著一個人。

是個身穿淡紫色衣服的女孩子。

年紀很輕。

頭上戴著一頂斗笠。

只是，那頂斗笠既黑又大。

女孩伸著纖細的淡青色雙臂，支撐著那頂斗笠，似乎很沉重。

女孩微微抬起臉，望著露子。

眼眸像是欲言又止。

比露子想的年輕許多。

只有八歲，或九歲嗎？

「你是誰？」露子問：「你有什麼話要對我說嗎？」

黑笠女孩沒有回答，只用那雙彷彿在訴說著某事的眼眸望著露子，再度吟誦起那首和歌。

雪花正紛飛

春天已來歸
樹櫻之凍淚
不日可融乎

「什麼意思？這和歌……」露子問。

可是，露子每一次都會在此刻醒來。

如此持續了半個月。

二

「那是《古今集》裡，二條后作的和歌吧。」

晴明說此話時，人在土御門大路上的自家宅邸窄廊。

他坐在窄廊，面對著源博雅，悠閒自在地喝著酒。

庭院中的梅花已凋謝，櫻花花蕾正飽滿。

在兩人身旁往空酒杯斟酒的不是蜜蟲，而是露子姬。

露子姬雖已十八歲了，仍天眞無邪，看上去像個童女。

既不拔眉毛，也不染牙齒，更不遮面容，直接在貴族男子群中露面。
她正是居於四條大路宅邸的貴人橘實之的女兒。
身穿白水干，像男子一樣戴著烏帽。
由於將長髮盤在頭頂，藏在烏帽中，看起來像個有大黑眸的美少年。
今日，露子來晴明宅邸玩，剛將最近經常出現的夢境講述給晴明和博雅聽。
「我大概知道這麼多，其他的就不記得了。」
露子在晴明的空酒杯內斟酒，如此說。
「嗯……」晴明點頭。
「哎，晴明啊，你怎麼知道那是什麼人作的和歌呢？我也只知道這首和歌可能是《古今集》中的一首。但是，到底是誰吟誦的，不可能一聽就指得出來呀。」
博雅把盛滿酒的酒杯停在半空，如此說。
《古今集》——準確說來是《古今和歌集》。
對當時的貴族來說是必讀書籍，閱讀該書是基礎教養。
當時所謂的閱讀，不僅是讓眼睛追著文字讀，而是與老師面對面，聆

聽老師一句一句解說，並且背下來，這過程稱爲「閱讀」，因此也可以說和「背誦」幾乎是同義詞。

「不知道也沒關係吧？沒有必要勉強記住。」

「不，所有會背的人都是用這種輕鬆口氣說這種話，但是對我們這些背不起來的人來說，眞的很羨慕那些會背誦的人呀，晴明。」

「博雅，你眞是個正直的漢子。」

「晴明，你是不是在用一種奇怪的方式誇獎我？」

博雅把酒杯裡的酒一飲而盡。

露子往空酒杯內斟酒。

「不，說是誇獎，倒不如說，你眞的是個好漢子。因爲人對不懂的事，往往不會老實說出『我不懂』。」

「是嘛？」

博雅再度把酒端到嘴邊。

「算了，現在還是那個奇怪的夢重要。你想到了什麼嗎？」

「這個嘛……」

晴明將目光移向庭院。

庭院中的泥地上，隨處可見剛探出頭來的柔和綠草。
「晴明大人，如果您想到了什麼，請告訴我。」
「嗯。」
晴明點了點頭，自庭院收回視線，轉頭望向露子。
「可能是西邊……」晴明低語。
「西邊？」
「你今天回家後，到寢室西邊的院子找找看。」
「找什麼？」
「姑娘，細節我也不太清楚。不過，這個謎語用和歌中的樹鶯來解是不是比較快呢？」
「樹鶯？」
「樹鶯是鳥吧？」
「說到鳥……啊，我明白了，原來是酉的方位[2]啊。」
酉的方位，也就是西方的方位。
「嗯。」
「謝謝您，晴明大人！」

---

2 日文的地支的第十位是「酉」，發音與「鳥」（同「雞」）相同。

露子雙眼閃閃發光，不久，即離開晴明宅邸回府。

三

「哎呀，竟然在這種地方……」

露子在寢室西邊的庭院，正好是櫻樹樹根的附近，發出了感嘆。

樹根上掉落著一塊黑色的圓石頭。

是個有露子拳頭那般大的石頭。

露子伸出右手，抓住那塊石頭，拿了起來。

她盯著從底下出現的東西。

「哎呀，你怎麼這麼文縐縐呀。」

露子喜不自禁地說。

「明明只要跟我說就可以了，還特意用和歌示意。」

從石頭底下冒出來的，是一棵嫩綠得令人心疼的紫花地丁葉子。

雖然在石頭底下被壓碎了半邊，但確實是今年剛萌生的紫花地丁。

「我得馬上去通知晴明大人和博雅大人……」

四天後，那棵紫花地丁舉起葉子，站起身，開出了淡紫色的花。

吞食月亮的佛

一

博雅吹著笛子。

是葉二。

這是朱雀門的妖鬼送給博雅的龍笛。

夜晚——

上空懸著月亮。

這天晚上，博雅正值夜班，然而月亮實在太美，他便從宮中溜了出來，來到神泉苑。

這晚是十三夜的月亮。

月圓程度不如滿月，稍微沒那麼圓。

與滿月相較，差了那麼一點——那風情實在難用言語形容。

即便沒有燈火，只要有十三夜的月亮，也足以讓人在夜間行走。

博雅從西側圍牆倒塌之處跨進神泉苑，站在池塘邊，吹起笛子。

沐浴著月光的釣殿[1]，倒映在樹林環繞的池塘水面。

十三夜的月亮也倒映在池面。

1 平安時代平安京的高位貴族的住宅樣式寢殿造，設立在池塘水中的建築物，類似水閣、涼亭。

博雅望著兩輪月亮，吹著葉二。

櫻花已經謝了，放眼望去，每棵樹上都萌發著新綠。

楓樹、櫸樹、柳樹、櫻花、山茱萸——無論哪一種綠色，都略有不同。即便同樣是綠色，樹的種類有多少，就有多少種綠。雖然不能在月光中仔細分辨出，博雅仍知曉這一點。

地面有蝴蝶花[2]、野萱草、銀線草、玉竹[3]等青草，彼一叢、此一叢地叢生著，有些仍在發芽，有些已經開花。

樹木和青草的新綠氣味融於夜氣中，隨風流蕩，四處飄散。

博雅聞著香氣，吹著笛子。

那香氣和吹奏的笛聲，讓博雅的身子都快消融了。

嘹亮的笛聲在月光中迴盪，在草木的香氣中，甚至連笛聲彷彿都微微放射出新綠亮光。

博雅閉上眼睛。

明明應該什麼也看不見，黑暗卻宛若發出朦朧微光，在博雅眼皮底下晃動。

博雅吹著笛子，感到意識有些朦朧。

---

2 學名：Iris japonica，日文：シャガ、射干、著莪、胡蝶花。中文：日本鳶尾等。多年生草本，四、五月開白色帶淡紫的蝶形花，多群生於人家附近的樹林樹蔭等較潮濕的地區。

突然——

博雅睜開了眼睛，因爲他察覺到某種動靜。

然後，博雅看到了。

他看到佇立在池塘對岸的物體。

是一尊巨大佛像。

高度大約有四十尺吧。

那是金光閃閃的藥師琉璃光如來。

若是凡人看到這一幕，大概會停止吹笛，「啊」的一聲大叫出來。

但博雅畢竟與衆不同，他雖感到驚訝，卻沒有停止吹笛，也沒有大聲喊叫，更沒有逃走。

只是繼續吹著笛子。

因爲他太感動了。

那情景眞是美得無以名狀……

博雅邊吹笛，邊如此暗忖。

如來確實很美。

如來佛像金光閃閃，不僅是佛像的臉龐和皮膚，就連身上的袍子也閃

---

3 學名：Polygonatum odoratum，日文：甘野老（アマドコロ），中文：玉竹、竹節黃、葳蕤、鈴鐺菜等。多年生草本，五月中旬至下旬開綠白色鍾狀花，多生長在陽光充足的山野或草原。

爍著金黃色的神祕光芒。

如來一旁的那棵楓樹，高度也僅能達到祂的腰際。

十三夜的月亮，在比如來的頭頂更高的上空熠熠生輝。

到底自何時起，如來佛像就站在那兒呢？

又到底從何處冒出來呢？

如來看上去就只是靜靜地站在彼處，凝視著倒映在池塘水面的月亮。

祂合攏了雙手放在肚臍的高度。

合十的雙手之間，似乎夾有某物。

是金光閃閃的藥壺。

突然，藥師如來動了起來。

祂朝著池塘彎下身子，將持著藥壺的右手往前伸出。

半個藥壺滑溜地潛進池塘中。

倒映在水面的月亮發出光芒。

如來將之舀了上來。

藥師如來竟把倒映在水面的月亮舀進了右手所持的藥壺中。

祂抬起身子。

握在右手中的藥壺也隨之冒出水面。

藥壺逐漸移至與如來臉部同樣的高度。

如來將嘴脣貼在藥壺邊緣。

之後——

藥師如來連同藥壺中的水一起飲下了倒映的月亮。

博雅大吃一驚。

直至方才還浮在水面的月亮竟然消失了。

這眞是不可思議。

若有人做了與如來同樣的動作，即便水面因此而起了波瀾，待波瀾平息，月亮終究會回歸至光芒四散的水面。

然而，此時月亮沒有回到原處。

池塘水面已經看不見方才還在閃閃發光的月亮了。

二

「哎，是眞的，眞的發生了，晴明……」

博雅在位於土御門大路的安倍晴明宅邸，如此說。

兩人坐在窄廊。

窄廊鋪著圓座墊，兩人坐在其上喝酒。

晴明左手端著酒杯，背倚柱子，豎立著單膝，右肘擱在膝蓋上。

「是嘛……」

晴明望著院子，聽著博雅說的話，看不出他是否感興趣。

時值春季——

櫻花飄落後，已過了一些時日。

櫻樹的嫩葉日漸轉濃，樹下的艷紅牡丹正在綻放。

晴明的目光對準了那牡丹的艷紅。

此時，正是櫻花已飄落，但紫藤還未綻放的神奇季節當中。

「喂，晴明，我說的都是眞的，而且昨晚也發生了同樣的事。」

發生那事的第二天晚上——也就是昨天晚上，博雅再次於夜晚前往神泉苑。

博雅眺望著十四夜的月亮，邊吹著笛子，結果，那尊金光閃閃的藥師如來佛又出現了，祂再次用藥壺舀起倒映在池面的月亮，喝下。

「那眞的是太神聖、太美麗了。當時，我一點也不害怕。」

害怕的話就不會再前往神泉苑。

「我不僅不害怕，甚至很想再瞻仰藥師佛的尊顏，所以才會再度前往神泉苑。」

博雅如此說。

藥師如來佛喝下月亮後，就像前一天晚上那般，天上有月亮，池面的月亮卻已不復見。

藥師如來悠閒地佇立在該處，仰望著上空一會兒，接著轉過身去。

祂走著，漸漸遠去。

漸漸遠去的那身影，漸漸收縮，再慢慢變小，最後消失在樹下。

到此爲止，都和前一天晚上所發生的過程一樣。

「然後，晴明啊，接下來我要說的，正是在那天晚上發生的奇妙之事。也就是說，這是昨晚的事……」

博雅開始講述怪事的來龍去脈。

那天晚上，博雅從神泉苑回來後，躺進蓋被。神奇的是，他很快就睡

著了。

博雅興奮不已。

第一次看到那一幕的當晚，博雅在蓋被中，三番五次回憶起那一幕。巨大的如來身姿、月亮，以及自己所吹的笛音，再再殘留在腦中。如此反覆咀嚼著那一幕，反倒神氣清醒，難以入眠。

但是，昨天晚上卻不到一眨眼的工夫就睡著了。

睡著了，然後做了一個夢。

夢見一名女子。

夢中那人是個長髮、大眼睛的美麗女子。

那女子穿著青色長袍，站在博雅枕邊哭泣。

博雅在夢中問她：

「你怎麼了？有什麼傷心事嗎？」

明明知道是在做夢，卻又感覺那女子實際站在枕邊。博雅心想，若睜開眼睛，或許眞的可以看到那女子。

「請幫幫我……」那女子說。

「你怎麼了？到底要我幫什麼忙呢？」

「博雅大人，您看到了吧，您連續兩夜前來神泉苑，看到那一幕了吧？」

「那一幕，指的是巨大的藥師如來連同池塘裡的水，一起吞下了月亮嗎？」

「是的，正是那件事。」

女子眼中簌簌地不停溢出淚珠。

「那件事已經持續了十三天……」

「十三天？」

「那個，明天晚上也會來。拜託博雅大人，別再讓那個吞食月亮了。求求您，求求您，求求您，求求您……」

女子的聲音細弱得快消失了。

到此，博雅便醒了過來。

醒來一看，果然是夢，四周遍尋不著女子的身影。

不過，博雅從蓋被中伸出手時，觸到了冰涼的東西。

原來是水。

床邊的地板濕淋淋的，正是夢中那女子佇立之處。

「因為發生了這種事，我想找你商量一下，所以就這麼來了，晴明。」

博雅說著，一口飲盡右手端著的酒杯中的酒。

蜜蟲往空酒杯內斟酒。

晴明依舊望著庭院。

「喂，晴明，你有沒有在聽我說話？」

「我在聽。」

晴明總算轉頭望向博雅。

「如果你在聽，就表現出正在聽的樣子好不好？不然我會很困惑。」

「抱歉，博雅，因為我想起了一件事。」

「想起了一件事？這不就表示你果然沒在聽我說話嗎？」

「並非如此，正因為聽了你說的話，我才會想起這件事。」

「什麼?!」

「不久前，兼家大人遣人送信來，說有事要找我商量。」

「商量？」

「沒錯。聽說半個月前，兼家大人珍愛的佛龕被偷走了。」

所謂佛龕，即供奉佛像等的佛具。外形類似佛堂，大多具有往外拉開的兩扇龕門，各式各樣，形形色色。

有的小到可以擱在手掌上，大的則大到連一名成人也無法扛起。

「那是座有童子大小的佛龕，用螺鈿裝飾著極樂圖。」

「跟這事有什麼關係嗎？」

「佛龕裡供奉的佛像，正是藥師琉璃光如來，博雅。」

「唔……」

博雅擱下正欲端至嘴邊而停在半空的酒杯。

「你的意思是……什麼？」博雅呻吟般地說。

「你不認爲，兩者之間似乎有什麼關係嗎？」

「有什麼關係呢？」

「所以，我才在想這件事。」

「你想到了嗎？」

「想不到。」晴明微微搖著頭，「但也不是毫無頭緒。」

晴明像在對自己說那般。

「你心中已有數？」

「現在還不到可以說出的程度，不過倒是值得走一趟去看看。」

「去看看？去哪裡？」

「神泉苑。倘若事情如你所說，今晚，藥師如來應該也會去神泉苑吞食月亮吧。」

「唔，嗯。」

「怎麼樣？去不去？」

「嗯。」

「走。」

「走。」

事情就這麼決定了。

三

晴明和博雅在神泉苑的池邊鋪著毛氈，坐在其上喝酒。

毛氈上豎立著一座燈臺，燈臺上點著一盞燈火。

兩人中間擱著托盤，上面有兩個酒杯。

兩個酒杯都盛滿了酒，酒的氣味與樹木的氣味融爲一體。

每當酒杯空了時，蜜蟲便會從酒瓶裡倒入新的酒。

上空懸著一輪滿月，才剛從東山露面，還要再等一陣子才能抵達中天。晴明與博雅想，與其光等待，不如帶酒去，邊喝邊等。

神泉苑——

是延曆十三年（七九四）建成的禁苑。

根據《日本紀略》記載，桓武天皇於延曆十九年（八〇〇）七月行幸，兩年後的延曆二十一年（八〇二），舉辦了一場宴會。

無論氣候何等乾旱，這個池塘裡的水也不曾枯竭。

東寺的空海[4]與西寺的守敏[5]也是在神泉苑進行了祈雨修法對決。那時，空海召喚了居住在天竺阿耨達池[6]裡的善女龍王[7]，讓上天降下了雨。

之所以會說這個池塘的水不枯竭，或許是人們認爲神泉苑的池塘和阿耨達池的底部相連，才出現此說法吧。

滿月剛出來時，四周還隱約殘留著黃昏餘光。

然而，隨著滿月升起，四周愈來愈暗，此刻已經完全是夜晚了。

---

4 日本佛教僧侶，為唐代日本留學僧，師學於今西安青龍寺惠果門下，受獲傳承付法第一人，賜受法號遍照金剛，諡號弘法大師。

5 生卒年不詳，為平安時代前期的僧侶。

博雅喝著酒，不時吹著葉二。
如此，夜逐漸加深，正當月亮即將升至中天時——
「來了。」
晴明擱下手中的酒杯，轉頭望向對岸。
博雅也擱下酒杯。
「唔……」
博雅單膝跪在地面，抬起臉來。
對岸的樹林深處閃爍著金光。
看上去像是有人點上一盞小燈，光很微弱。
那亮光逐漸增大，並且增強了亮度。
接著，亮光膨脹至對岸的楓樹和櫻花樹頂端。
「噢……」
博雅不禁發出聲來。
有一張臉浮現在那團亮光中。
是藥師如來的面孔。
面孔位置逐漸增高，增至比樹梢更高後，繼續往上延伸。

6 阿耨達池，梵語Anavatapta的譯音，意譯為「清涼」，「無熱惱」，相傳為閻浮提四大河之發源地。此池位於大雪山之北，香山以南。唐玄奘《〈大唐西域記〉序》作「阿那婆答多池」。

楓樹的高度此刻在如來腰間。

藥師如來開始走動。

祂緩緩朝池塘而去。

挪開樹木，站在池塘水邊。

正是藥師如來佛。

雙手捧著藥壺。

如來佛將藥壺換到了右手。

「晴明，正如我所說的那樣吧。接下來，如來要用那個藥壺吞食月亮了……」

博雅邊說邊轉頭望向晴明，此刻晴明早已經朝水邊走去。

晴明站在水邊，彎下身撿拾起某物。

那時，如來已經彎下腰，往前伸出握著藥壺的右手。

某物自晴明的右手飛向空中。

是塊小石子。

如來正要用藥壺舀起倒映在水面的月亮時，那塊小石子恰恰落在水面的月亮上。

---

7 梵語nāga-kanya，龍女或那伽龍女，原是娑竭羅龍王之第三王女。是觀世音菩薩的脅侍，與善才童子並列於菩薩兩側。

月亮在水面往四方飛散。

成爲無以數計的光芒碎片，在水面跳躍著。

如來停止了動作。

祂瞪視般環顧了四周一圈，然後用左手輕輕拍了一下水面。

凌亂的水面迅速平靜下來，月亮又回到那清澄如鏡的水面。

如來的右手再度往前伸出。

又試圖用藥壺舀起月亮。

突然——

月亮消失了。

如來仰望天空，上空出現了雲塊。

不是很大的雲塊。

只是一朵小雲。

奇怪的是，那朵小雲只厚厚地籠罩在月亮四周，遮擋住月亮。

晴明的右手食指尖貼在他鮮紅的下脣，低聲唸著咒語。

原來是晴明讓雲塊出現。

「算了，晴明，到此爲止吧。」

對岸傳出喚聲。

「我這就過去。」

是男人的聲音。

如來背轉過身，走回樹林中。

亮光逐漸縮小，如來的個子也逐漸變低，不久，那亮光和如來的身影都消失無蹤。

過了一會兒——

「我完全沒想到你會出面管這件事啊，晴明。」

聲音從側面的黑暗中傳了出來。

有條人影，緩緩走進月光和燈火的亮光中。

是個老人。

蓬亂的白髮聳立在頭上。

黃色雙眸炯炯有神，散發出亮光。

是蘆屋道滿。

背上揹著一座童子般高的佛龕。

「果然是您所為，道滿大人。」

晴明停止唸咒，如此說道。
「太可惜了，就差那麼一點，我就能得到一個好式神了。」
「您這樣阻礙龍鯉升月的儀式，今後無論是誰，無論用何種方式在神泉苑祈禱，都無法讓上天降雨了。」
「說得也是。」道滿抿嘴笑著。
「喂，喂，晴明，這究竟是怎麼回事？我完全無法理解。」
博雅擠進了兩人的中間。
「我也並非完全明白。不過，應該很快就可以水落石出。」
「水落石出？什麼意思？」
「意思是，月亮即將投射入池塘中央……」
晴明轉頭望向池塘。
池塘中倒映著滿月。
「那月亮怎麼了嗎？」
「嗯，你就繼續看著吧。」
「繼續看著……」
「博雅，你看，來了。」

聽晴明如此說，博雅把剛要「啊」地叫出的一聲吞進了喉嚨，因爲他看到在水中搖晃的影子。

水底深處有一條影子在動。

那條影子慢慢靠近水面。

是條大魚。

大魚從黑暗的水中逐漸往上升——

是一條帶青色的白魚。

魚體帶著磷光，發出光芒。

「是鯉魚。」博雅說。

鯉魚非常大。

碩大的鯉魚比一個成人還大上一圈，甚至大兩圈——約六尺有餘。

青色鱗片在水面下閃閃亮亮。

那條鯉魚在倒映於水面的月亮四周繞了一圈，然後張開大嘴。

咕咚！

聲音響起，月亮被吞沒了。

水面的月亮也消失了。

中天有月亮，水面卻沒有倒映的月亮。

和藥師如來用藥壺舀出月亮那時一樣。

「喂，晴明，月亮……」

「我知道。」

三人繼續凝望著，離三人佇立的水邊約九尺遠的水面，冒出泡沫，從泡沫中浮出一條人形身影，赤著腳站在水面。

是一名頭髮梳成唐朝樣式，身穿青色長袍的女子。

「晴明大人，博雅大人，謝謝兩位大人相助。」

女子輕輕行了個禮。

長髮。

大眼睛。

「原來在我夢中出現的是你？」博雅問。

「是的。」女子點頭，「我是一條鯉魚，已經在這池塘中棲息了近兩百年。」

「兩百年……」

「距今一百多年前，高野的空海法師在這座池塘進行過祈雨修法……」

「我知道。」

這句話是晴明說的。

「那時，空海法師從天竺阿耨達池勸請來了善女龍王，是我負責爲善女龍王帶路，引領祂來到這個池塘。」

「是。」

「那時，善女龍王說爲了報答我，要讓我成爲一條龍而昇天。」

「昇天？」

「善女龍王要我一年一次，在這個時期，從新月的第二天開始到滿月爲止，吞食映在池中的月亮，爲期十四天。只要持續一百次，也就是一百年，在第一百年時，我就能獲得升天的能力——善女龍王這樣對我說的。」

「但是，已經超過一百年了……」

「是的，雖說是一百次，但並非每次都是晴朗的夜晚。有時下雨，有時月亮被雲層遮住……因此，我花了一百多年的歲月，才完成了九十九次。」

「這次是第一百次。」

「是的。」女子點頭。

「結果遭道滿大人阻礙。」晴明說。

「哎，我不是故意要找麻煩的。不過，也就成阻礙了吧。」

道滿撓了撓頭，望向晴明。

「很久以前，我就知道在這座池塘裡棲息著一條善女龍王答應讓牠升天的龍鯉。晴明，你應該也聽說過這事吧。」

「是的。」

「不過，你應該不曉得那龍鯉很可能今年就要升天了吧。」

「確實不知道。道滿大人，您怎麼……」

「我在各地都養著式神，在這神泉苑也有，是一隻甲殼約有兩尺長的鱉。這傢伙也活了很久，已有九十年。大概一個月前，我來到這裡，那鱉對我說，住在這池塘裡的龍鯉今年很可能會升天，所以我才想到這個方法。」

「這個方法，是指什麼？」

「就是在龍鯉吞食月亮之前，我先得到池塘的月亮，然後把月亮當做餌食，讓龍鯉成爲我的式神。」

「竟然！」

「我本打算每次讓龍鯉爲我做一項工作，就給牠一個月亮，這樣應該可以讓龍鯉幫我做很多事。」

「不過，到了明年，依舊有月亮……」

「明年的事明年再說。說不定是陰天，說不定會下雨，說不定有某物先來吞食月亮。總之，必須等到月亮懸在中天，月影落在池塘正上方，牠吞食到這種月亮，才能升天。所以我便想，只要在此之前，先把月亮弄到手就行了。」

「因此，您就讓藥師如來……」

「是啊。如果用凡庸之器，絕對無法舀起池塘中的月亮。就這點來說，用藥師如來所持的藥壺，就絕對沒有舀不起來的東西了。」

「原來如此。」

「我以前就知道兼家宅邸有一尊大小恰好的藥師如來，所以就偷來用用。」

「然後，您打算怎麼做？」

「你是說我舀到的那些月亮嗎？」

「是的。」

「既然讓你給破壞了美事，我也沒法子了，就還給龍鯉吧。」

「我也認爲如此最好。」

晴明向道滿行了個禮，轉頭望向站在水面的女子。

「正如您所聽到的那般。」

女子向晴明和博雅行了個禮，微微一笑。

之後，溶化於水中般漸漸消失。

道滿卸下佛龕，打開龕門，從中取出黃金打造的藥師如來，擱在地面。

道滿將右手指尖貼在如來背上，低聲唸起咒語。

於是——

嘩啦、

嘩啦、

如來口中滑出一顆閃閃發光的小珠子，掉進祂手中所持的藥壺裡，存積了起來。

總共十三顆。

每顆珠子的大小都不一樣。
道滿拿起珠子，扔進池塘。
小珠子掉入池塘後，每顆都變成倒映在水面的月亮。
十四夜的月亮，十三夜的月亮，十二夜的月亮……
一共十三顆月亮，在水面閃閃亮亮。
那光景美極了。
從水中現身的青色鯉魚將那些月亮一顆顆吞了下去。
全部吞下後，青鯉魚消失於水中。
「晴明啊，我們好好觀賞一下吧。」
道滿如此說著，坐到毛氈上，再呼喚晴明和博雅。
晴明和博雅與道滿並排坐著。
蜜蟲往晴明和博雅的酒杯中斟酒。
「給我。」
道滿從蜜蟲手中奪走了酒瓶。
「剩下的我都要了，你不介意吧。」
「嗯。」晴明點頭。

道滿用右手握著瓶頸，將瓶口舉到嘴邊，再讓瓶子傾斜。
喉嚨咕嚕咕嚕地動了起來。
「眞是好酒。」
此時，博雅開口：
「道滿大人……」
「什麼事？」
「您不會是爲了想要有酒喝，才做出這樣的事吧？」
「怎麼可能？」
「道滿大人，您本就不是個老實人，不會實話實話，對吧。」
博雅笑著如此說時，池塘中央冒出了白沫。
白沫逐漸往四方擴散——
突然，從白沫中一聲不響地出現了一條龍。
是一條青色的龍。
沒有颳風，沒有打雷，雲層也沒有翻捲起來。
那條龍先露出頭部，再舒暢愜意地讓月光籠罩著全身，往上空升去。
無數水滴自龍身灑落，水滴映著月光，閃閃發光。

「太美了……」

博雅用似乎要消失的聲音低語。

那條龍升至比釣殿屋頂高一些之處時往下看，接著像是在道謝似的點了點頭。

龍在月光中逐漸往上升，不久就消失了。

四周只剩下挑逗人般、發酵的新綠香氣飄散在黑暗中。

蟬丸

一

月亮出來了。

蟬丸的背部聽到了那聲音。

哈。

是月亮升起時的聲響——

聽聲音就知道。

那是安穩的、渾圓的、龐大的月。

是滿月。

蟬丸知道那輪月亮飄浮在山頭另一邊的琵琶湖上，照耀著湖面。

雖然眼睛看不見，不，應該說，正因爲眼睛看不見，那景象才會浮現在心中，栩栩如生。

小時候，眼睛還看得到時，曾看過好幾次月亮。失明後，浮現在心中的月，比小時候看到的更鮮明。

眞是不可思議。

盲目後，已經過了幾十年了吧。

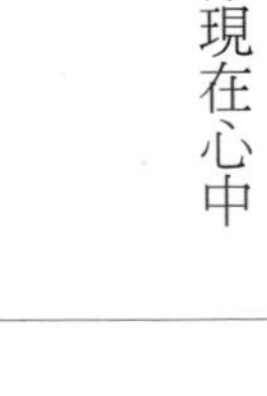

什麼時候開始用耳朵聆聽月亮的動靜呢？最近甚至可以用背部聆聽。

其實，無論是誰，是不是都不用耳朵，而是用背部在聆聽呢？

蟬丸有時會如此想。

失明之後，他覺得世界變得更有深度了。

彷彿是配合著月亮升起，蟲子在院子四處的草叢裡鳴叫了起來。

蟬丸來到窄廊。

坐下來，側耳傾聽。

夏天蟲子的叫聲減少了許多。

已聽不到螽斯[1]和紡織娘[2]的叫聲了。

唧嘍。

唧嘍。

唧嘍。

此刻叫起的，到底是哪種蟋蟀呢？

棘腳斯[3]。

紫竹蛉[4]。

金鈴子[5]。

---

1 學名Gampsocleis buergeri，日文名「螽蟖、螽斯、蛬」（キリギリス），螽斯科（Tettigoniidae）昆蟲。

2 學名Mecopoda nipponensis，中文學名「寬翅紡織娘」、「日本紡織娘」，日文名「轡虫」（クツワムシ），螽斯科（Tettigoniidae）昆蟲。

金鐘兒[6]。

金琵琶[7]。

黃臉油葫蘆[8]。

好幾種蟲子的叫聲混雜一起，互相迴響，融爲一體。

一時叫得最起勁的金鈴子數量突然減少，之後是金琵琶的叫聲增多，再之後又變成紫竹蛉的叫聲愈來愈響。正當內心感到有趣，繼續聽下去，不知何時，金鈴子的叫聲又多了起來。

嘟——哦哦

嘟——哦哦

唧嘍唧嘍

唧嘍唧嘍

吟——吟——

吟——吟——

嘰嗯　嘰嗯　嘰嗯

嘰嗯　嘰嗯　嘰嗯

---

3 學名Hexacentrus japonicus，日文名「馬追」（ウマオイ），螽斯科（Tettigoniidae）昆蟲。

4 學名Oecanthus longicauda，中文學名「長瓣樹蟋」，日文名「邯鄲」（カンタン），蟋蟀科（Gryllidae）昆蟲。

呤——呤——

嘰嗯　唧嘍哩

嘰嗯　唧嘍哩

呼伊唷嘍嘍嘍嘍

呼伊唷嘍嘍嘍嘍

嘟——哦哦

哩哩哩哩哩哩哩

哩哩哩哩哩哩哩

唧嘍　唧嘍　呤——呤——　嘰嗯　嘰嗯

呼伊唷嘍嘍嘍嘍　呼伊唷嘍嘍嘍嘍

嘟——哦哦　哩哩哩哩哩哩哩

嘰嗯　唧嘍哩　嘰嗯　唧嘍哩　呤——

唧嘍　呤——　嘟——　呼伊唷嘍嘍

哩哩哩哩哩哩哩　呤——呤——

唧嘍唧嘍唧嘍呤——呤——嘰嗯嘰嗯

呼伊唷嘍嘍嘍嘍嘍哩哩哩哩哩哩哩

5 學名Paratrigonidium bifasciatum，中文學名「金鈴」、「雙帶金蛉蟋」，日文名「草雲雀」（くさひばり），草蟋科（Trigonidiidae）昆蟲。

6 學名Homoeogryllus japonicus，中文學名「日本鐘蟋」，日文名「鈴蟲」（すずむし），蟋蟀科（Gryllidae）昆蟲。

嘟——哦哦　嘰嗯　唧嘍哩

嘟——哦哦　嘰嗯　唧嘍哩

吟——吟——唧嘍唧嘍　吟——

吟——吟——吟——…………

身在秋蟲的叫聲中，蟬丸覺得身體好像飄浮在半空。

颼颼。

颼颼。

颼颼。

是風聲。

每一種風聲都不一樣。

搖曳楓葉的風，吹動松針的風，吹在屋檐上的風，拂過耳邊的風，吹動桔梗、繼而拂過黃花敗醬草的風，每一種風都不相同。

如同樂聲。

仔細想來，近幾年來都不再碰琵琶了。

但也沒關係。

---

7 學名Xenogryllus marmoratus，中文學名「雲斑金蟋」，日文名「松蟲」（まつむし），叢蟋科（Eneopteridae）昆蟲。

8 學名Teleogryllus emma，日文名「閻魔蟋蟀」（えんまこおろぎ），蟋蟀科（Gryllidae）昆蟲。

即使不是親手彈奏，世界不也以這種方式在演奏樂音嗎？

不僅是背部，全身的各部位都像耳朵似的聆聽。

每一種聲音都散發出微弱光芒。

那些微光的顏色都不相同。正如每種生命各有區別，不論是多麼微小的蟲子還是草兒，都不一樣，每一種聲音所散發出的光色也完全不同。那些微光，每一道都散發出一抹香味。

啊……

此刻聽到的這聲音，到底是什麼呢？

一種低沉的，從世界深處迴盪出來的聲音。

像是令人懷念的，又很理所當然的聲音；平時沒注意，但總響個不停的聲音……

噥……

噥……

噥……

似遠，又近……

是母親的聲音——

啊，對了，這不正是心音嗎？
是自己的心臟奏出的聲音。
不僅如此。
大地本身也正發出聲響。
這就是大地的心音嗎？
大地的心音和自己的心音相互呼應，共鳴。
嗚呼……
就是這個聲音。
這聲音一響，就有某物聚集而來。
不，此刻已經聚在一起了。
從大地，從森林，從山中——
某物，從草叢中爬了出來。
某物，從石頭裡爬了出來。
嚇！
喏！
無以數計的動靜，從樹幹、從樹梢、從葉子、從土壤、從岩石中爬了

出來。

牠們嘁嘁喳喳。

牠們在交頭接耳。

每一種動靜都發出聲響。

嘰！

嘰！

嘰！

嘟、嘟、嘟、嘟、嘟、嘟、嘟、嘟……

嘰……

嘟嘸。

嘰……

嘟嘸。

喀、喀、喀、喀、喀、喀、喀、喀……

嘟嘸。

嘟嘸。

嘟嘸。

嘸！

嘸！

嘸……

響著，又響。

然後，相互共鳴。

無以數計的精靈正在相互呼應，相互共鳴。

寓於物體的某物。

事物的動靜。

事物的氣息。

物怪……

大地發出奇異的隆隆響聲，而自己的體內也有某種東西在呼應。

呼！

像是有什麼碰到臉頰的觸感，應該是月亮從屋檐露面了，那月光恰好映在臉上。

發出皎潔亮光的滿月，在背上的中心閃爍著光芒。

今晚，那人也會來嗎？

像這樣的夜晚，都必定來臨的那人。

總是悄悄地來，總是無聲無息地躲在暗處。

夜復一夜都會來的那人。

像聚集而來的無數精靈那般，像石頭、青草、森林，有時也像月亮，藏身在暗處。

那人也是聚集而來的萬物之一，與世界相互共鳴。

是的，那人已經來了。

蟬丸知道。

那人在不聲不響中前來，此刻正身在院子某處。

有那人的氣息。

噥！

噥！

心臟在響動。

我也是響動之物。

我也在發出聲響。

有種東西與宇宙產生共鳴，敲擊著我。

將我彈奏著，如樂器般。

我是一種會自動演奏的樂器。

猶如初次體驗時那樣，我的身體如琴弦般顫抖了起來。

今晚是多麼特別的夜晚啊。

本就沒有下定決心說不再碰琵琶了。

碰或不碰琵琶，其實也無所謂。

既然無所謂，故意忍著不彈，豈不奇怪？

蟬丸悄悄站了起來，消失在屋頂下，不久，再次抱著琵琶回來。

他坐在窄廊。

心想，此刻的自己，是處於發出各種聲響的萬物中，自然而然奏出樂音的樂器。

是大自然的產物。

只是爲了發出聲響，恰巧用琵琶參與了此事而已。

蟬丸用撥子彈著琴弦。

嫋！

琴弦發出聲響。

嫋！

琴弦在顫動。

是《流泉》。

這是從唐國傳來的琵琶祕曲。

蟬丸彈奏的琵琶聲，嫋嫋地融化於黑暗中。

多麼幸福啊。

隨著琵琶的響聲，肉體逐漸散開，融化於庭院。

然後與森林融爲一體。

我是蟲子，

我是草兒，

我是石頭，

我是凝結於草上的露水。

曲子結束了，

但是心靈和肉體仍在月光中和森林之中遊蕩著。

蟬丸不由自主地開口。

「啊，多富有雅趣的夜晚啊，眞想和某位知曉音樂的人話個通宵。」

然而，四周沒有這樣的人。

因爲蟬丸在此逢坂山獨自生活著。

突然——

「有，就在此處。」

某處傳出如此聲音。

是人的聲音。

「這樣的人在此。」

黑暗中，聲音之主站了起來。

是男子的快活的聲音。

聲音充滿了喜悅，也夾雜著不安。

甚至可以想像，聲音之主興奮得滿臉通紅。

但是，那聲音是那麼的溫柔，那麼的柔軟，那麼的悅耳啊。

而且，比發出聲音的人所想像的要更響亮……

「原來是您啊。」蟬丸說：「這三年來，夜復一夜，一直隱身在這個

院子中的……」

「是的。」聲音之主說：「因爲我無論如何都想聽到蟬丸大人順應自然所彈出的琵琶樂音。」

「啊呀，實在很抱歉。坦白說，這些年來，我一直以爲就算不再彈琵琶也無所謂了。但是今晚……」

「哦，我明白，我明白。在這樣的夜晚，像我們這樣的人確實會不由自主地自鳴起來。在大自然中，鳴響又鳴響，鳴響又鳴響，不鳴響反倒會受不了，我們就是如此。我明白，我明白……」

那人的聲音含有濕度，並且顫抖著。

似在哭泣。

「哦，您說得對，正如您說的那樣。」

蟬丸溫柔地說。

「方才，蟬丸大人彈的是《流泉》吧。」

「是的。」

「如今，這世上除了您，再也沒有其他人會彈了。」

「您是哪位呢？」

「我是博雅，源博雅。」

「噢，是克明親王的公子[9]。」

「是的。」博雅點頭。

二

「方才我說，想和知曉音樂的人談論音樂，但是……」蟬丸低語，

蟬丸在屋檐下不經意地抬起頭，用那雙看不見的眼睛望向上空的月

亮。

「看來已經不需要語言了。」

「是的。」

博雅點頭，站在院子，從懷中掏出葉二。

這是朱雀門的妖鬼送給博雅的笛子。

此刻，已經不需要語言。

對博雅和蟬丸來說，談論音樂就是一同吹彈、合奏。

「那麼，我來彈《啄木》。」

9　源博雅是醍醐天皇第一皇子克明親王的長子。

蟬丸抱著琵琶，低聲如此說。

「噢……」

博雅發出低沉而喜悅的聲音。

《啄木》是承和時期[10]，與《流泉》、《楊眞操》一起，由藤原貞敏[11]自唐國廉承武[12]習得並傳回來的琵琶祕曲之一。

蟬丸將撥子抵在琴弦上。

呦嗯……

琴弦響了。

那音色在院子的黑暗中迴盪，再逐漸融化。當那音色殷殷滲入夜色，還未完全融化時，博雅即把葉二貼在唇上。

葉二滑出青綠顏色，飄舞在月光中。

是一條發出朦朧磷光，透明的青綠色的蛇。

那條蛇一下子變細，一下子又變粗，閃閃爍爍地在月光中往前伸展。

呦嗯！

蟬丸配合著笛音奏出琴聲，那條光蛇便在月光中朝著上空升起。

無數隻猶如蝴蝶之物，在黑暗中飛舞。

---

10 八三四－八四八年。

11 平安時代初期至前期的貴族。於八三八年以遣唐使身分遠赴唐朝長安，向名為廉承武的琵琶名手習得琵琶名曲。

12 古代中國音樂家，琵琶名手。

青色，紅色，微微發光之物，閃爍之物，飛翔之物，流蕩之物，下沉之物，漂浮之物，哭泣之物……

無數顆看似光芒四射之物，以及爬行之物，出現在黑暗中。

蟲子的鳴叫也配合起樂音。

這時，楓葉相互觸碰，爲這一刻發出讚美祝詞。

噥！

石頭發出吟唱。

嚨！

月光發出聲響。

嘍嘍嘍嘍嘍噢嗯………

天空發出聲響。

迦陵頻伽[13]出現了，在月光中飛舞。

呦嗯嘸……

呦嗯嘸……

琵琶響起。

無數遲來的飛天[14]出現了，伸出指尖撫摸著一個個音色。

---

13 佛教中的傳説生物，外型為人首鳥身，長尾巴，聲音美妙，別稱「妙音鳥」或「逸音鳥」等。

14 是佛教中天帝司樂之神，多為女性，又稱香神、樂神、香音神。

天地開始震動。

每當震動歇止時，均會傳出如斯聲音。

「吾，多聞天也。」

「吾，廣目天也。」

「吾，持國天也。」

「吾，增長天也。」

眾神現身後，和著音色，頓起腳步，舞動雙手，悠哉悠哉地在空中翩翩起舞。

蟲子，和起聲來。

風，和起聲來。

草兒，和起聲來。

花兒，和起聲來。

樹林和起聲來，森林和起聲來，每一塊石頭和泥土，以及隱藏在其中的每一隻小生物，都一個接一個地和起聲來。

天地在隆隆作響。

博雅閉著眼睛，吹著葉二。

淚珠像樂聲般，自博雅的雙眼不斷湧出。

蟬丸的嘴角，浮著微笑。

閃閃亮亮。

閃閃亮亮。

宇宙在發光……

呼呼欷欷。

呼呼欷欷。

天空逐漸鬆散開來。

蟬丸和博雅就這樣，不斷地高談闊論著，直至晨曦微露。

後記

現今是我六十七歲的秋季。

這眞是——

總覺得這樣好嗎？一不小心就已過了眞壁雲齋[1]的年齡了。

日復一日，毫無進步。

身體一直在衰退，大腦和毅力大概也一樣吧。

果然年紀到了就會衰老。

即便如此，不知爲什麼，在我身軀深處的某個地方，還殘留著一種對遙遠的物事，或者說一種對未知場所的憧憬，令該處颼著風。

而我，也許就站在那陣風中。

那個我，既像是孩提時代的我，又像是目前與年齡相稱的殘敗不堪的我。

這陣風從未停止過。

應該是對故事的憧憬，或者說是迷戀，或者說是愛，大概就是這些

1　夢枕獏著作的「幻獸少年」系列小說中的人物。

吧。

我想做很多事情。

想寫的也很多。對此，我無能爲力。

另外也想做一些傻事，或者說是蠢事，以及對這世上完全沒幫助的事。可以說已經陷於一種病態，或是一種行爲習慣的稟性。

很愚蠢。

我有自覺。

寫作量減少了。

一個月已經寫不出八百張稿紙[2]。

可是，工作量不但沒有減少，反而增加了。

本以爲減少了案件的數量，但數了數，眼下還有十二部小說正連載中。

我清點一下，接下來將這些小說列出來。

順序不一——

①《達賴喇嘛的密使》

---

2 日本的稿紙一張通常為四百字。

②「餓狼傳」系列
③「陰陽師」系列
④《摩多羅神》
⑤《真傳・寬永御前試合》
⑥《大江户化龍改》
⑦《明治大帝的密使》
⑧《蟲毒城》
⑨《小角城》
⑩「幻獸少年」系列
⑪《JAGAE　織田信長傳奇行》
⑫《刃牙外傳》

這可眞是不得了。

因爲直至完結之前，我不打算出版，所以大多是長達一千張、兩千張、三千張稿紙的小說，定期出書的只有《餓狼傳》、《陰陽師》、《幻獸少年》。

有時，連載還未完結，我說「五年後再寫」，然後迎來下一期的連載日期，寫著寫著就變成這樣。

但是，我並非每天都在寫這十二部連載。有些因雜誌停刊而停止連載，有些雜誌是隔月出刊。不過，《刃牙外傳》是在漫畫週刊《週刊少年冠軍》上連載，因此每週都有截稿日。

除此，另有非小說的連載，還有相當多的單篇小說工作。

在這種狀態下，俺還經常去釣魚。

唉，這樣可以嗎？

啊，我想起來了。

二〇一九年起，又增加了四部小說的連載。

《白鯨》

《RAINBOW》

《繩文小說》

《俳句小說》

總計十六部。

而且，其中一部是報紙連載。

每天都會迎來截稿時間。
沒關係嗎？我這樣。
不知道。
只能做了再說。
認眞細想的話，我大概會發瘋，所以盡量不去細想。但說眞的，這樣眞的不會出問題嗎？
總之，先做了再說吧。
嗯……雖然嘴裡說這樣不行、這樣不行，但我好像還挺很開心的。
眞是個有病的傢伙。
接下來，秋天來這樣的俳句如何呢？

滿月啊　一旁陪睡的屍體　嘻笑聲
五彩色　歇斯底里地飄落　秋楓葉
山中月　阿爺阿嬤笑嘻嘻　懸掛著

唔，雖然很想作出再瘋狂一些的俳句。

本書是久違的《陰陽師》，請多關照。

二〇一八年十月二十三日於小田原

夢枕獏

夢枕獏公式網站網址：https://www.digiadv.co.jp/baku/

作者介紹

夢枕獏（YUMEMAKURA Baku）

日本SF作家俱樂部會員、日本文藝家協會會員。生於神奈川縣小田原市，東海大學文學部日本文學系畢業。嗜好是釣魚，特別熱愛釣香魚。也熱中泛舟、登山等等戶外活動。此外，還喜歡看格鬥技比賽、漫畫，喜愛攝影、傳統藝能（如歌舞伎）的欣賞。

夢枕先生曾自述，最初使用「夢枕獏」這個筆名，始自於高中時寫同人誌風的作品。「獏」這個字，正是中文的「貘」，指的是那種吃掉噩夢的怪獸。夢枕先生因「想要想出夢一般的故事」，而取了這個筆名。

年表：

一九五一年｜一月一日生於神奈川縣小田原市。
一九七三年｜東海大學日本文學系畢業。
一九七五年｜到海外登山旅行，初訪尼泊爾。
一九七七年｜在筒井康隆主辦的SF同人雜誌《NEO NULL》、及柴野拓美主辦的《宇宙塵》上發表作品。在《NEO NULL》上發表的〈蛙之死〉受到業界人士注意，同作轉至SF專門商業出版雜誌《奇想天外》刊登而成 出道作。之後在《奇想天外》發表中篇小說〈巨人傳〉，而正式開始作家之路。

一九七九年　在集英社文庫Cobalt推出第一本單行本《彈貓的歐爾歐拉涅爺爺》。

一九八一年　在雙葉社推出第一次的單行本新書《幻獸變化》。

一九八二年　在朝日Sonorama文庫推出「Chimera」系列第一部《幻獸少年》。

一九八四年　在祥傳社Non-Novel書系發表的「狩獵魔獸」系列三部曲成暢銷作。

一九八六年　循《西遊記》裡的旅途前往中國大陸作取材之旅，從長安到吐魯番。「陰陽師」系列開始連載。

一九八七年　繼續西遊記行程。下半年與野田知祐一同在加拿大的育空河泛舟。

一九八八年　第三次踏上西遊記的旅程，到天山的穆素爾嶺。文藝春秋出版《陰陽師》。

一九八九年　以《吃掉上弦月的獅子》奪得第十屆日本SF大獎。

一九九〇年　《吃掉上弦月的獅子》獲頒星雲賞平成元年度日本長篇獎。

一九九三年　十月爲坂玉三郎所寫的〈三國傳來玄象譚〉在東京歌舞伎座「藝術祭十月大歌舞伎」上演。

一九九四年　出任日本SF作家俱樂部會長。岡野玲子改編的漫畫作品《陰陽師》出版。

一九九五年　小說《空手道上班族班練馬分部》由NHK拍成電視劇，奧田瑛二主演。在東京神保町的畫廊舉辦照片展「聖琉璃之山」（亦有同名攝影集）。文藝春秋出版《陰陽師—飛天卷》。

一九九六年　爲坂東玉三郎作詞的〈楊貴妃〉在歌舞伎座上演。爲NHK BS臺的「釣魚紀行」錄影赴挪威。十月起在NHK總合臺「大人的遊樂時間」擔任常任主持人。爲電視節目「世界謎題紀行」錄影赴澳洲。

一九九七年　文藝春秋出版《陰陽師—付喪神卷》。

一九九八年　於中央公論新社出版《平成講釋—安倍晴明傳》。

一九九九年　《陰陽師—生成姬》於朝日新聞晚報開始連載。

二〇〇〇年　文藝春秋出版《陰隔師—鳳凰卷》。

二〇〇一年	四月，NHK製作、放映《陰陽師》，由SMAP成員之一的稻垣吾郎主演。六月，岡野玲子的漫畫版出版至第十冊。十月，電影「陰陽師」上映。由知名狂言家野村萬齋飾演主角「安倍晴明」，眞田廣之、小泉今日子等人共同主演。文藝春秋出版《陰陽師 晴明取瘤》。
二〇〇三年	電影「陰陽師II」於十月上映。文藝春秋出版《陰陽師—太極卷》。
二〇〇六年	首度來臺參加臺北國際書展，掀起夢枕旋風。
二〇〇七年	改編同名作品的電影「大帝之劍」由堤幸彥導演、阿部寬主演，於四月在日本上映。七月文藝春秋出版《陰陽師—夜光杯卷》。年底配合首本繁體中文版「陰陽師」繪本《三角鐵環》來臺舉辦簽書會，再度掀起「陰陽師」的閱讀熱潮。
二〇〇八年	雙葉社出版《東天的獅子》系列。
二〇一〇年	文藝春秋出版《陰陽師—天鼓卷》。角川書店出版與天野喜孝、叶松谷共同合作的《楊貴妃的晚餐》。
二〇一一年	以《大江戶釣客傳》獲得第三十九屆泉鏡花文學獎、第五屆舟橋聖一文學獎。改編《陰陽師》的漫畫家岡野玲子訪臺。同年傳出陳凱

歌將與日本電影公司合作《沙門空海》的電影拍攝作業。文藝春秋出版《陰陽師—醍醐卷》。

二〇一二年　以《大江戶釣客傳》獲得第四十六屆吉川英治文學獎。十月文藝春秋出版《陰陽師 醉月卷》。適逢「陰陽師」出版二十五週年，文藝春秋也同步出版《陰陽師完全解析手冊》。

二〇一三年　八月參加NHK綜合臺的柳家權太樓的演藝圖鑑節目播出。九月在東京歌舞伎座上演《陰陽師—瀧夜叉姬》，創下全公演滿座紀錄。十月小學館出版長篇小說《大江戶恐龍傳》系列。

二〇一四年　文藝春秋出版《陰陽師—蒼猴卷》、《陰陽師—螢火卷》。

二〇一五年　曾獲第十一屆柴田鍊三郎獎的小說《眾神的山嶺》，由導演平山秀行翻拍成電影，阿部寬與岡田准一主演，三月前往尼泊爾山區取景，於二〇一六年於日本全國院線上映。睽違十二年《陰陽師》再度影像化，夏季在朝日電視臺播出同名SP電視劇，由歌舞伎演員市川染五郎主演。

二〇一七年　作家生涯四十週年，榮獲菊池寬獎及日本推理大賞。

二〇一八年	因在藝術文化領域上有傑出貢獻，獲日本天皇頒發紫綬褒章。 改編自《沙門空海之大唐鬼宴》，日中共同製作的電影《妖貓傳》 於一月上映。 日本動畫大師押井守宣布改編「幻獸少年」系列，上映時間未訂。
二〇二一年	以「陰陽師」系列改編電影《陰陽師：晴雅集》二月於Netflix全球 上線。

繆思系列
陰陽師〔第十九部〕女蛇卷

作者／夢枕獏（Baku Yumemakura）
封面繪圖／村上豐
內頁插圖／小威
譯者／茂呂美耶
社長／陳蕙慧
總編輯／戴偉傑
特約編輯／王淑儀
封面設計／倪龐德
內頁排版／宸遠彩藝
印刷／前進彩藝有限公司

集團社長／郭重興
發行人兼出版總監／曾大福
出版／木馬文化事業股份有限公司
發行／遠足文化事業股份有限公司
地址／ 231 新北市新店區民權路 108 之 4 號 8 樓
電話／ 02-2218-1417
傳眞／ 02-8667-1891
Email：service@bookrep.com.tw
郵撥帳號／ 19588272 木馬文化事業股份有限公司
客服專線／ 0800221029
法律顧問／華洋國際專利商標事務所 蘇文生 律師
初版一刷 2022 年 9 月
定價／ 360 元
ISBN 9786263141346（紙本）
9786263141476（EPUB）
9786263142725（PDF）

國家圖書館出版品預行編目（CIP）資料

陰陽師 . 19, 女蛇卷 / 夢枕獏作 ; 茂呂美耶譯 . -- 初版 . -- 新北市 : 木馬文化事業股份有限公司出版 : 遠足文化事業股份有限公司發行 , 2022.09

面 ; 14 x 20 公分 . --（繆思系列）

ISBN 978-626-314-134-6（平裝）

861.57 111002275